Züri-Krimi 24
Psuech für der Ääschmen us de Süüdsee

für s schürimitglid ferdc

Viktor.

1.3.2013

Viktor Schobinger

Züri-Krimi 24

Psuech für der Ääschmen us de Süüdsee

Züri · 2013 · Schobinger-Verlaag

S seg ales erfunde:
d phèrsoone, d oort, d handlige;
das säit jede gschichteschriiber – ìch au.

Impressum

Umschlaag	Anniina Rodigaari, 8800 Taalwiil
Lektoraat	Ester Huusame, 8422 Pfunge
Tigitaaltruck/uusrüschtig	Edissjõ a la Ggart, 8005 Züri
Verlaag	© 2013 Schobinger-Verlaag, 8037 Züri
	www.zuerituetsch.ch
ISBN	978-3-908105-24-4

D hauptphèrsoone

De Wèrner Wèètli
häd es äifamiliehuus z Höngg und isch en gueten EDV-fachmaa.

D Jolanda Wèètli, sini frau,
erläbt am e samschtigmoorgen am nüüni en überraschig, wo si susch nu us fèèrnseekrimi känt.

D Schanin Wèètli, iri tochter,
schaffet bi de Sekjuureti-Inschuurens[1] am Bläicherwääg.

De rächtsaawalt tokter juur Karl H. Güùrps
käned mer vo früener hèèr als oberscht, rotaarier und verwaltigsraat. Und sis hauptgschäft isch dänn nöd öppe sini ‹kanzlei›.

De tokter juur Wèrner Wèètli
käned mer au scho. Er hät sich underzwüschet zämetaa mit siim alte gägner Güùrps. Ales laufft drum na vil gschmierter als früener.

Der Älex Ämsler, mit em übername ‹Newaada-Tschon›,
isch em Güùrps sini verlengeret hand, nämli die, wo mit em zäigfinger uf der abzùùg truckt.

De Fränk Moser, mit em übername ‹Spiidi Gonsaales›,
isch em Güùrps sini verlengeret hand für diffissiili ‹löösige›.

De Ralf Öttiker
isch äine vom Güùrps sine zueträäger, wo s graas ghöört wachsen i de szeene, vo deet, wo de Güùrps nöd sälber wott ane go lose. Iez häd er e chuglen i de lunge.

---

[1] *Security Insurance*

De Pheeter Schoch
isch in e böösi gschicht inegschtüürchlet, won en nüüt aagaat.

D frau tokter Isabèll Caliander,
mit em intèrnen übername ‹chrischchindli›, isch d scheffin vo de Kripo, und schtriitet wider emaal mit em Ääschme.

D Ela Epprächt,
em ‹chrischchindli› sini rächt hand, redt wien iri scheffin und mäint mängmaal sogaar, si *seg* d scheffin.

De polizeilütnand Häiri Ääschme,
scheff vo de gruppe ggwaltverbräche, gaad an e koomisches rãdéwu[1] und blüet richtig uuf wägen äim vo sinen alte find ...

D dedektiivwachmäischteri Mariisa Bianggi,
em Ääschme sini schtellverträtteri, mues en fall übernèè und en glii wider abgèè – em scheff.

De dedektiiv tokter Simoon Üelinger
isch warschiindli underforderet; s gfalt em aber bim Ääschme.

De dedektiiv Juliaan Schneebeli
chunt d rutiinenaarbeten über, wil er de jüngscht isch.

Das maal chunt d ‹midwuchgsellschaft› vom Ääschme, vo de Täitäi und vom grafiker und sã-saforismen-erfinder Schtäiner nöd emaal am rand voor, wil der Ääschmen drei fäll am hals hät und drum de midwuchaabig und d ‹Iwonn-Baar› glatt vergisst.

---

1 *rendez-vous*

1 Der Ääschme trifft di elegant Schanin Wèètli. D Mariisa mues en ‹lungeschuss› übernèè. En koleeg vom Ääschmen isch verschwunde.

«Los, Häiri, ich ha da e schpineri am traat», säit d Reena Albrächt vo de telifoonzäntraale, «die wott um s verroden en scheff schpräche. Em ‹chrischchindli› cha si ja nöd ggèè, die bälet mi aa. Chasch ere nöd ablose?»

«Gisch mer si halt emaal», macht der Ääschme und truckt uf de chnopf.

«Sind Sii zueschtändig?» ghöört er, na vor er siin name cha säge, «das isch e häikli sach.» Si säit s haschtig; si flüschteret.

«Reded Si», säid er und lueget uf s displei;[1] d numere ghöört an ere Schanin Wèètli bi de Sekjuureti-Inschuurens. De name vo de versicherig säid em nüüt; de familiename vo de telifoniereri schoo.

«Chönted Si nöd zu miir choo?» säit d frau Wèètli, «ich cha nöd zu de polizei, ich wiir überwacht.»

«Vo wèm?»

«Das wäiss i nööd. Nöd ggnau. S müend lüüt us de Süüdsee sii. Si händ öisers huus psetzt. Äine von ene laufft imer hinder mer hèèr, wän i gang go schaffe. Und waartet, bis i wider häigang. Wisewii vo de versicherig, im kafi. Am Bläicherwääg.» Si schnüfelet. «Ich halt das nümen uus. Ich wäiss nöd, was die wänd. Si hocked de ganz taag ume, und schwätzed uufggregt. In öisere wonig. Und si händ waffe. Ggweer und handgranaate. Chönd Si würkli nöd verbiichoo?» Er ghöört, wie si schnuufet.

Isch es äis vo dène schpinertelifoon, wo vo ziit zu ziit chömed? Won imer z zwäite, z dritte chömed, nie käis eläi. Won er sich amel überläit, öb föön, biisen oder vollmoond seg? Was isch hüt? En sunige ziischtigmoorgen im juni. D frau Wèètli töönt verzwiiflet, aber nöd verruckt. Er chömi, säit der Ääschme.

---

[1] *display*

«Chömed Si an hauptiigang, dèè isch a de Beethoovenschtraass, ich hol Si deet aab. Aber chömed Si i d halen ine.»

Sini zuesaag hät si beruiget. Si macht plötzli en überläiten iidruck.

De lütnand mäldet sich ab im groosse büro, und e halbschtund schpȍȍter gaad er a de Beethoovenschtraass in en vilfäischtrige block ine, wo d frau Wèètli scho uf en waartet, hinen a de wand vo der iigangshale.

«Mer händ telifoniert mitenand», säit der Ääschme und schtelt sich voor. Was wìrt si sii, föifezwänzgi? driissgi? Mit irem schwaarze dööpièss,[1] em diskreet farbige halstuech wìrt si iri ggarièèren aagfange haa. Also eener driissgi. Und imer na dihäi? Mit irem bätsch[2] macht si d tùùr uuf.

Si würkt extreem sicher. Im schprächzimer isch dän au s eerscht, wo si säit: «Si müend entschuldige, hèr Ääschme, das i d nèrve verloore ha, vorig. Aber s isch èèrnscht, Si müend mer s glaube.» Si schnuufet uus, di ganz lunge.

«Verzeled Si mer, was passiert isch.»

«Am letschte samschtig bin i am achti go poschte, wie jede samschtig, han ales iiggruumet, han aagfange mini wonig echli suuber mache – da ghöör i um di nüüni en lèèrmen überobe, irgendwie koomisch. Ich gang ufe go luege, was passiert isch, da gseen i vier tunkli mane, won um mini elteren umeschtönd. Äine gseet mi, ränt uf mi zue, vor i wider chan umcheere, und phackt mi am aarm. S hät mer grad s tänken uusgschalte. Wèr erwaartet so öppis? Dihäi!? Ich bi blos daagschtande, ha nöd emaal gschtuunet. ‹Wèèrsch doch dune plibe!› ghöör i mini mueter säge, wien en voorwurff. ‹Wèr sind Si?› frȍȍget mi äine, und ich säg em s.»

«Uf tüütsch?» fasst de lütnand naa.

---

[1] *deux-pièces*

[2] *badge*

«Er mues scho lenger daa läbe, er redt wi mìr. Das isch dèè, wo mer imer naalaufft, bis vor d tǜür. Wiiter chund er nöd, de maa am empfang lies en nöd dure, und ooni bätsch gaat sowisoo nüüt. Er waartet im kafi änen am Bläicherwääg. Und er laufft schtändig zää schritt hinder mer hèèr bis häi. Tram, buss, umwääg – er macht ales mit. Er hät mer jede kontakt verbotte. Und uf d pischtole zäiget, won er bii sich hät.»

«Wie häisst er?»

«Das wäiss i nöd. Si händ sich nöd voorgschtelt. D schpraach verschtaat me nööd, ich wäiss nöd, weli wörter d näme sind.»

«Wohèèr chömed s?»

«Soo, wie s uusgseend, vo de Filipiine, si chönted au us de Süüdsee sii, jedefalls vo nǒimet deetune.»

«Was wänd s vo Ine? Git s forderige?»

«Näi. Nüüt. D mueter mues go poschte, mues choche für all, tǒörff mit niemertem rede, de vatter schaffet sowisoo dihäi, und äine hocket imer hinder em und lueget em zue, was er schriibt uf em kompjuuter. Mer müend all im gliiche ruum schlaaffen und schtändig häd äine wach, bin öis, im schlaaffzimer, s liecht mues bräne, di ganz nacht. Si löösed sich ab. Si sind schtraff organisiert.»

«Welen isch de scheff?»

«Vermuetli dèè, wo mer naalaufft. Er mues aber na en obere scheff haa; mit dèm telifoniert er imer phunkt sibni zaabig. Vermuetli rapportiert er, was de taag dùùr ggloffen isch. Soo töönt s uf jede fall.»

«Was händ Si für verbindige uf Süüdoschtaasie? Gschäftet Ire vatter mit lüüt deetune? Oder Sii mit versicherige? Sind Si i de fèrie gsii deete?»

D frau Wèètli schüttlet de chopf zu jedem fraagezäiche. «Ich verschtaan überhaupt nüüt. Ja, na öppis. Das isch am sundig zaabig gsii, nach em sibnitelifoon, wo s plötzli e wildi diskusioon gfüert händ, öis aagglueget, uusggrüefft, öis aagglueget, öppis schiint faltsch ggloffe z sii. Waas ggnau – mer verschtönd ja d schpraach nöd.»

Zmittst i s gschprö̀ö̀ch mit de frau Wèètli schälet em Ääschme siis händi. Mues das sii! Er lueget uf s displei: d Mariisa. Er nint aab.

«En maa mit eme schuss i de lunge liit i de Wäid. Chunsch?»

«Nänäi, mach das sälber. Nimm der Üelinger under der aarm. Gimer pricht zaabig.»

«Also, was hämer?» faart de lütnand wiiter mit de frä Wèètli, «es sind vier manen us Süüdoschtaasie, mit ggweer. Wivil ggweer? Händ s au na ander waffe?»

D frau Wèètli hät vier pischtole gsee, es maschineggweer, und a de gǜǜrt händ s handgranaate. Und munizioon in ere träägchischte. Si sind mit eme pöscho[1] 204 choo, won iez vor em huus schtaat. Zürinumere.

«Händ s en faane, es fäändli?»

Näi, au kän pass hät me gsee, kä ziitig, käs buech. «Si sind – mììr wǜǜred säge – oordlig. Si mached kän lèèrme, kä souoornig, si tusched jede moorge, si sind kä fanatiker, das häisst, moll, si sind fanatiker, aber überläiti fanatiker. Di heftig diskusioon am sundigzaabig isch di äinzig gsii. Susch sind s imer fridlich. Si reded mit argumänt und gägenargumänt, wä me scho käs wort verschtaat. Ich ha s gfüül, s seg nen öppis schieffggange. Wä me blos verschtiend, was s säged.»

D frau Wèètli häd am aafang vom gschprö̀ö̀ch mit de finger gschpilt; iez ligged s ruig daa.

«D adrässe bruuchti na.»

«Segantiinischtraass 61», säit si, «söll Ne d situazioon zäichne?»

«Ou, ja gèèrn, das hilfft mer.»

Mit feschte, graade schtrich zäichnet si de wonigsgrundriss uf es blatt bapiir: «Das isch der eerscht schtock.» Si schiebt em s blatt

---

[1] *Peugeot*

über de tisch ine. Dänn chunt s partèèr draa. «Daa won ìich», si zäiget uf d zwäizimerwonig, «daa isch miin gaartesitzplatz.» Dänn nint si namaal es blatt und zäichnet em d umgäbig uuf. «D proporzioone schtimed vilicht nöd ganz.» D uufregig isch verfloge.

De lütnand schtudiert d ggroggi[1] und erkundiget sich na nach de detäil, ergänzt schlaaffzimer, chuchi, und so wiiter.

«Si wänd doch s huus nöd öppe schtùùrme?» D frau Wèètli verschrickt, wo si mèrkt, wo s duregaat.

«Chönd Si tänke: Zeersch probiered mer s uf all ander aarte, aber ich mues wüsse, waas i welem ruum isch. Dänn richtet mer en überwachig ii.»

«Wie gaat s etz wiiter?» Si schtaad uuf und schtriicht iri bruune haar über d achsle zrugg. Macht si s gliich, wänn si e ggwööndlichs chundegschpròòch füert? Si hät phèrlen i den ooreläppli. E hüpschi frau, tunkelbruuni auge, schööni zää, äini zum gèèrnhaa.

Söl er s säge? Er säit s: «Ich ha na käi aanig, frau Wèètli. Ich laa mer ales dur de chopf gaa. Ich fròòg ume. Ich lueg mer Ires huus aa z Höngg. Ich suech en wääg.»

«Und finded en?»

Si isch verdamt presänt, mues der Ääschme zuegèè, und verträägi sini eerlichkäit: «Bis etz mäischtens, garantiere chan i s nööd. Aber ich ligg in chumet.» Wänn si wüsst, wien èèr, wie bi jedem fall, imer wider am bèèrg schtaat und, wie bi jedem fall, sälber nie wäiss, öb er en au löösi. Und werum chund er mit em chumet hinefüre – eme wort, won er sit füfzg jaar nüme ghöört hät?

Sii lueget echli ghüüslet, verschtaat dänn, was er mäint.

«Prowoziered Si uf jede fall nüüt. Schpiled nöd d helde. Ich find e löösig.» Doch e garantii; er git si mit schlächtem ggwüsse. «Verzeled Si nüüt dihäi.»

Si tuusched na iri wisitechèèrtli uus. Si isch prokurischtin. Dänn verabschided si sich.

---

[1] *croquis*

«Na öppis, frau Wèètli», under de tüür trület er sich um, «sind Si äigetli verwandt mit em jurischt Wèètli?»

«Si mäined der imobilie-Wèètli? Nänäi. Mer käned en nöd emaal. Hìì und wider landet privaatposcht von em bin öis, wil miin vatter de gliich vorname hät.»

En plusphunkt für d Schanin Wèètli, won er re nöd ggèè hett, wänn si etz d nichte oder d tochter vom imobilie-Wèètli gsii wèèr.

«Mèrssi, das Si choo sind, hèr Ääschme», säit si zum schluss, «s hät mer guet taa, das i ha chöne rede.»

De lütnand nickt und gaat. Er laufft um de block ume, wo ganz de versicherig isch, macht abschtächer in inehoof inen und i d garaasch. I allnen egge hät s wideokamera. Au i d garaasch abe cha me blos mit eme bätsch faare. Er notiert s. Für all fäll.

Er quèèrt de Bläicherwääg und hocket bim «Los Äntscheles khoffi schopp»[1] veruse, fasch an egge, wil er vo daa uus de fremdländisch maa im aug hät, won e ziitig list. Das isch fasch wie früener, won er amig lüüt obsèrwiert hät. E noschtalgischs gfüül wicklet en ii. Aber der espresso isch müed, s schöggeli dezue halbe flüssig, im undertälerli glänzt en verschüttete kafiring.

Was wänd die manen us de Süüdsee? Isch nen öppis abverreckt? Wüssed s nöd wiiter? Uf waas waarted s? Uf aawiisige vo obe? De maa, won uf d Schanin waartet, list de ‹Tages-Aazäiger›. Er isch aaggläit fasch wie susch en zürcher, zu de tschiins aber en rollchragepuloover und en tschoope. Und sini haar sind tunkelschwaarz, d huut zimli bruun. Uf em tischli liit sis händi. S pierglaas isch lèèr, und er wott kä nöii schtange, wo d sèrwiertochter chunt cho frööge. Er schetzt en au als süüdseeinsulaaner ii und tänkt a d «Möiterei uf de Baunti» mit em *Charles Laughton.*

Wèètli und Wèètli – si sind nöd verwandt mitenand, si käned enand nööd – git s gliich en zämehang?

---

[1] *Los Angeles coffee shop*

★

Im groosse büro im Kripohuus schaffed all am ‹ungeschuss›, d Mariisa, der Üelinger und de Schneebeli.

«Läbt er na?» säit der Ääschme schtatt eme gruess und gaat zum junge Schneebeli.

«De tokter mäint, er überhaui s; vollschtändige pricht gib der in ere schtund», chlämt d Mariisa wiiteri fraagen ab.

De Schneebeli chund en autonumeren über vom Ääschme: «Lueg, wèm die ghöört. S chönt en Süüdseeinsulaaner sii oder èèndlich. Ich bruuch ales über inn und sis umfäld.»

«Sofort?» frö̀ö̀get de Schneebeli.

«S tö̀ö̀rff ä gschnäler sii. Ich bi wider im büro. Hol mer au all imfo über s Wèètlis, Segantiinischtraass 61. De rewierdedektiiv mach i sälber. Uusfüere!»

I siim büro chunt de Groossme draa, de rewierdedektiiv vo Höngg, en alte haas.

Nach den obligatoorische prèliminaarie, wie der Ääschme dènen überflüssigen iiläitige säit, chund er zum fläisch: «Was wäisch über s Wèètlis a de Segantiinischtraass?»

«Wottsch mer ja nöd underejuble, das die schtraafffelig woorde sind? Das isch muschtermittelschtand, das sind schtütze vo de gsellschaft und d frö̀id vo de schtüürämter. Häsch öppis konkreets gäge s?»

«Was macht èèr? Was macht sii? Was macht d tochter?»

«Èèr isch en raffe pùùrsch, öppe füfzgi, sälbschtändig, schriibt kompjuuterprogramm. Er isch en zö̀ifter, emaal isch er schtubemäischter gsii. Ich bin emal dihäi gsii biin em, vor epaar jaar, dèè hät scho doo sis büro vole bildschìirm und läptöpp und trucker und wäiss de tüüfel waas ales ghaa. Er mues souguet sii.»

«Und d frau?»

«D Jolanda? Die isch au z Höngg uufggwachse, echli jünger als ìich, miin brüeder isch mit eren i d schuel. Si isch e gschiids mäitli gsii, schiints, häd e gueti uusbildig, hät gschtudiert, glaub München und Pariis, ussert Züri natüürli. Äigetli schaad, das si blos e huusfrau woorden isch.»

«Und d fröläin tochter?»

«D Schanin? Die wìirt gäg di driissgi gaa. Ich wäiss nöd ggnau, was si für en tschob hät, nòimet bin ere versicherig i der Ängi usse, uf jede fall isch si guet zalt. E raffs mäitli, das mues si vom vatter haa.»

«Und werum isch si imer na dihäi?»

«Nöd *na* dihäi, *wider* dihäi. Wäisch, si hät päch ghaa. Ìich wett si ja au nöd, si hät mängmaal schochli en äigni mäinig und e gueti mäinig vo siich. Drum isch ere vor epaar jaar en fründ devooggloffe. Dèè, wo si zletscht ghaa hät, isch mit eren es poort duraab, vier-, föifmaal überchugelet; ire hät s nüüt ggmacht, aber de fründ isch umchoo.»

«Hät d familie verbindigen uf Aasien oder i d Süüdsee?»

«Nöd das i wüsst. Werum fròògsch?»

«De Schanin iri fründ, sind das schwiizer gsii?»

«Jajaa, wi gsäit, ales muschtermittelschtand, oder eener sogaar muschteroberschtand.»

«Mit wèm vercheered s? Händ s gescht? Mached s gaartefäscht oder balkoonfäscht? Tänk a Aasien und a d Süüdsee.»

«Was häsch ä chäibs mit dènen asiaaten und süüdseeler. Wän i säg mittelschtand, dänn mäin i mittelschtand, schwiizer mittelschtand. Die vercheered mit iresgliiche. Und säisch mer etz äntli, was loos isch?»

«Los, liebe Groossme, iez wìirt s diffissiil. Was der säg, isch blos für dìich ganz eläi. Kapiert?»

«Das töönt nach verschwöörig.»

«Pass uuf: I de wonig vo de familie Wèètli hocked vier manen vo irgetnòimet us Süüdoschtaasie. Mer händ käi aanig, was s wänd.

Si händ s Wèètlis under kontrole. Si händ waffe. Mache muesch nüüt, ussert go luege und esoo, das si di nöd gseend. Suech mer en oort, wo men i d wonig gseet, en oort, wo mer chönd abhöörggrèèt uufschtele. Namaal: säg niemertem käs wörtli. Los gliich na ume, öb öppis chrumms umeseg bis Wèètlis. Für all fäll.»

★

Am vieri chunt d Mariisa i s büro vom Ääschme: «Wottsch de ‹lungeschuss› müntlich oder ab bildschiirm?»

«Duu häsch di schööner schtimm. Sitz anen und schüüss loos!»

«Also», säit d Mariisa, «mit em verletzte cha me nanig rede. Er isch iiggliferet woorde geschter znacht am zäni, vom ene junge maa, wo grad wider verschwunden isch.»

«Näme?»

«Waart doch au! De verletzt hät kä bapiir, kän uuswiis, nöd emal en agända, blos nüünhundert franken im portmenee.»

«En uusländer?

«Scheff, er hät fingerbeeri! Und drum han i uf d idäntifikazioon müese waarte, susch wèèr i früener choo.»

«Und? Wie häisst er? Käned mer en?»

«Du bisch gjuflig hüt. Ralf Öttiker häisst er und wont im Äierbrächt obe. Er isch e pschribes blatt. Aagfange häd er vor zwölf jaar mit chliine pschiissereien und luusche gschäftli. Nach em koleeg Burkert mischlet er iez mit bi autoverschiebigen in oschte, kundschaftet gglägehäiten uus, d phaarkplätz uf em fluughafe Chlooten sind schiints günschtig zum schtäle, verdient demit mee als miir zwäi zäme, drüümaal verhaftet in ilegaale schpiilhölene. Er gheit i vilne baaren ume. Besser gsäit, er gheit nöd, er loset zue und – iez chunt s Häiri – »

«Was isch? Sött en käne? Oder kän en?»

«Inn vilicht nööd, aber siin scheff.»

«Machsch s nöd schpanend!»

«De tokter Karl H. Gùùrps.» Si lachet ire scheff aa, das men all zää gseet.

«Guetnachtamsächsi.»

«Fròisch di nööd? Das isch doch d gglägehäit. Das maal hämer en.» Und, wo der Ääschmen en lätsch macht: «Mäinsch nööd?»

De lütnand lueget skeptisch drii: «Das chasch nanig wüsse. Was hämer? Epaar Süüdseeinsulaaner psetzed e wonig z Höngg, uusggrächnet d wonig vom ene Wèètli. Wo nöd mit öisem Wèètli verwandt isch. Und en zueträäger vom Wèètli siim liebe find Gùùrps wìrt aagschosse. Glaubsch duu a zuefäll? Das sind voorprogramierti lämpe.»

«Näi, das isch öisi schãss,[1] Häiri. Iez vertwütsched mer die chäibe gliich na.»

Der Ääschme zäiget plötzli mit em zäigfinger uf si: «Häsch e wach organisiert vor em Öttiker siim zimer?»

«Klaar, was mäinsch äigetli, bi doch nöd blööd. Die probiered s womögli namaal.»

«Guet. Mer bruuched dè jung maa, wo der Öttiker iiggliferet hät. Psoorg der es signalemänt. Wänn d käs überchunsch, mach en züügenuufrueff i d ziitige; dè mues vor de zänen uf de redakzioone sii. Gueti aarbet übrigens. S nint mi na wunder, wie d uf de link zwüschet em Öttiker und em Gùùrps chunsch.»

«Ja, me hät halt so sini verbindige, schaff ja nöd eersch sit geschter bi dìr.» Si lachet verschmitzt und der Ääschme verzichtet uf s naafasse.

D Mariisa schickt em de jung Schneebeli ine. De jung Schneebeli schüücht sich na imer echli vor em lütnand; er isch ja nanig lang debii und nanig so sicher.

«Wèm ghöört s auto?»

«Am ene ...», de Schneebeli mues abläse, «am ene Filemu Moni.»

---

[1] *chance*

«Häd er en adrässe?»

«Das isch schwirig. Er isch en asilant, oder au nööd, er isch vo Samooa, oder au nööd, er isch im en asilantehäim, wo mer en scho lang nüme gsee hät, er schaffet, me wäiss nöd waas, nòimet mues er e wonig haa, oder es zimer. Eerlich, scheff, ich gsee nöd dure.»

«Moll, das isch guet, was d ales usegfunde häsch.»

«Näi, d Mariisa hät ggwüsst, wie. Mìr händ s nüüt wele säge. S isch aber na inträssant, was da ales fürechunt.»

« Suech moorn na sini wonig. Was wäisch vom Wèrner Wèètli?»

«Da git s zwee. D Mariisa hät gsäit, ich mües mer blos der EDV-Wèètli voornèè, der ander känisch.»

«Da hät si rächt. Also.»

«De Wèrner Wèètli zalt vierzgtuusig schtüüre pro jaar, bliibt nüüt schuldig, hät kä schulde, er schaffet nu für gröösseri firme, für banke, au für de kantoon und für d schtadt. Wänn s prässieri mit eme programm, göng me zum Wèètli, das hät mer en koleeg gsäit, wo vom bou isch.»

Chùùrz vor em fiiraabig chunt au na de pricht vom Groossme. A de wonig vo s Wèètlis im eerschte schtock seg nüüt uuffeligs, usser das d voorhäng halben oder ganz zoge seged. I de wonig im partèèr, mit em gaartesitzplatz, also de tochter iri, seg au nüüt psundrigs, natüürli lèèr de taag dùùr, wil d Schanin ja schaffi. D lüüt wisewii hebed nüüt usserggwööndlichs gsee; er heb natüürli nöd graaduse gfrògget, s seg äifach soo zur schpraach choo.

«Und für d überwachig, häsch öppis gschiids gfunde?»

«Ja, zoberscht, in ere winde, da schtöörsch niemert und niemert schtöört dìch. Mit em huuswaart han i scho ggredt. Natüürli han em nöd gsäit, um waas es gaat. Er hett s zwaar gèèrn ggwüsst.»

★

Zmittst i de nacht schälet s telifoon. Viertel ab zwölfi: der Ääschme lueget automaatisch uf de wecker.

D Silwia, d frau vom Patrick Fischer, isch am traat: «Händ ìir hüt öppis lengers ghaa? Muesch entschuldige, das der na aalüüt um die ziit. De Patrick isch nöd häichoo. Und er hät nüüt prichtet.»

De Patrick Fischer, dèè häd er hüt am moorgen am rapport gsee und nachane na zwäi wort ggredt mit em im gang, sit doo nüme. Er säit s de Silwia.

«Das isch na nie passiert, das er schpȍȍter choo isch und nüüt gsäit hett. Wäisch würkli nüüt?»

«Näi, häsch scho de Bruno Burger gfrȍȍget, dèè müest äigetli oriäntiert sii.» De Burger isch em Fischer siin schtellverträtter.

«Dèm han i scho zwäimaal aagglüütet hütznacht. Du bisch mini letscht hoffnig gsii. Wèm söl i etz na ...»

Der Ääschme chan ere nüüt raate; de Fischer isch uusggrächnet de scheff vo de vermisstenabtäilig. De koleeg Fischer isch hiperkoräkt, zum nöd säge pingelig, und verschwinden ooni nüüt z säge passt nöd zuen em. Si söli sich na kä soorge mache, er göng uf d suechi.

«Hüt na, gäll?»

«Klaar. Ich gib der pricht, sobald i mee wäiss.» Imer chund ales mitenand: die psetzig, dèè lungeschuss und etz na de verschwunde koleeg Fischer.

D Täitäi vertwachet und frȍȍget, halben im schlaaff, was loos seg.

«Ich bi wider emaal vierezwänzg schtund im dienscht», säit der Ääschme.

D Täitäi mungget öppis, wo me nöd verschtaat und trület sich uf di ander siite.

Der Ääschme schtaad uuf und gaad i d schtuben übere. De Bruno Burger nint grad ab und wäiss imer nanig mee. «Das git s nie, das de scheff furtlaufft und sich nöd abmäldet und kän zädel schriibt, äifach uuf- und devoolaufft.»

«Wänn isch er dänn ggange?»

«Öppen am zäni, zmittst am moorge, er häd es telifoon überchoo, isch uufggumpet, und furt isch er gsii.»

«Händ er d uufzäichnig abggloset?»

«Chasch en uufzäichnig ablose, wänn d mäldig über s händi inechunt!» De Burger isch piggiert.

«Aber s händi?»

«Das häd er tänk mitggnaa. Mäinsch, mer hebed nöd au tänkt. Mer händ am sibni zaabig e vermisstmäldig dureggèè, das mached mer ja susch nie so glii, aber bim Patrick gheit das soo zum raamen uus, da mues öppis passiert sii.»

«Das häsch de Silwia aber nöd gsäit?»

«Schpinn ich dänn! Aber wool isch mer überhaupt nöd.»

«Ir händ kä notiz, nüüt?»

«Säg der s doch! Mer händ s pult durnȍiset, gglueget, was er zletscht uf em kompjuuter ggmacht hät. Mer chönd is nöd voorschtele, was en mit sineren aarbet hett chönen i gfaar bringe.»

De Burger chan em nöd hälffe. Aber der Ääschme mues öppis undernèè. Wèm chönt er na aalüüte? Wèèr chönt öppis wüsse? De Säkten-Albi chunt draa; s schälet lang biin em, bis er sich mäldet, imer na im halbschlaaff: «Wass! De Patrick? Näi, käi aanig. Dèè isch ja hüt am moorge na am rapport gsii.»

«Häsch namaal kontakt ghaa mit em? Nachane? Chasch der öppis voorschtele, wo chönt ...?»

«Er hät nüüt sänsazionells praacht a de ‹schtrȍȍffzgi›. Da mues em öppis uggwööndlichs inegschneit sii. Aber waas? Und bi de vermisste?»

Söl er na öppert wecken i dère nacht? S prèècht nüüt, entschäidet er. Was söl er de Silwia säge? Bi alem schtudiere chund em nüüt gschiids in sinn. Und über em schtudiere verpfuuset er uf em kautsch i de schtube. Er pfuuset miseraabel, bis en d Täitäi am sächsi schtupft. D sune schiint ine, und s isch em zum chotze.

2 E frau hät schüss ghöört z Schwamedinge. Waas hät de Fischer z tue ghaa deet? Und wie s em Öttiker gaat, em ‹lungeschuss›.

Am rapport vom midwuch hocket der Ääschme zhinderschthinen ane; das macht er imer, wän er nüüt z säge hät oder nüüt wott säge. D psetzig vo de Segantiinischtraass wott er under em teckel phalte, au intèrn. Drum au häd er all pricht drüber nanig in zäntraalkompjuuter la schtele. Sicher wǜǜr en mäntaal iigschränkte koleeg – zum s politisch koräkt uustrucke – d uufzäichnige finden und s luut usebrüele. Tumi sieche git s eben au bi de polizei.

Au i de ‹schtrö̀ö̀ffzgi› nachane, bi de scheffin, redt me nöd vo de psetzig. D diskusioon gaat um de verschwunde koleeg Fischer. D frau tokter Caliander regt sich grausam uuf, das si eersch jetzt öppis ghöört devoo. Sii wèèr di eerscht gsii, wo men oriäntiert. «Das hett an rapport ghöört, hüt am moorge!» reklamiert si.

«Jajaa, am beschte mit ere prässemittäilig, das öis die chönd i d aarbet inesoue», macht der Ääschme, wo chribelig isch, wil em d suechi nach em Fischer mee am hèèrz liit als das unütz gschnur bin ire.

«Mer sötted tringlich dehinder, frau tokter», säit de Bruno Burger, won a schtell vom Fischer daa isch, «frischi schpuure sind di beschte.»

All andere abtäiligscheffe nicked: de Schütz, de Burkert, de Pünter, de Vetter, de Zuppinger, und de tokter Füessli haut na äis druuf: «Lönd Si öis a d aarbet gaa, frau koleega, mit rede lööst me kän fall.»

D sekretèèrin, d Ela Epprächt, töggelet au dèè satz i s protokoll, mit zämeprässte lippe. Käi sitzig ooni protokoll – äine vo de scheffin irne häilige grundsätz.

De lütnand verschtaat em Füessli siin satz als zäiche zum uufbruuch und schtaad uuf: «Koleege, ich chum uf jede von öi loos, und frö̀ö̀gen öi uus über de Fischer.»

«Hèr Ääschme!» d scheffin zäiget uf siin schtuel, mee als tüütli.

«Das isch s koräkt voorgaa, frau tokter», de Burkert schtaat siinersiits uuf, di andere mached s em naa, und d sitzig nint en abrupts änd.

D komentäär dussen im gang, wo s usenandgönd, sind chùùrzi wörtli, wo sich i käim protokoll guet ggmacht hetted.

Äntli cha de lütnand rächt aafange schaffe, gid im groosse büro dure, si söled ales über de koleeg Fischer eruiere, sitzt dän a siis pult und langet a s telifoon zum d koleege kontaktiere.

Vor sini hand bim höörer isch, schälet s. D scheffin gseed er uf em displei! Näi! Er waartet, bis si uufgit. Chan aber imer nanig telifoniere, wil etz d zäntraale draa isch: «Häiri, en uufggregts huen», säit d Reena, «en ussländeri, nim i aa. Si hät schüss ghöört.»

Das mues er tänk nèè. Debii hett er gschiiders z tue. S präicht imer ales zäme.

«Daa isch Maara. Isch polizei am traat, äntli?» Si waartet uf käi antwort. «Ich ha ghöört schüss i schtägehuus. Geschter aabig. Ich tänkt, ich mich tüüscht. Hüt am morge ich gsee löcher i tùùr vo andere wonig. Chöme verbii, gäll? Ich ha angscht. Isch nöd guet. Isch säich, wänn schüüsse im huus.»

Im groosse büro holt er d Mariisa, si müesed uf Schwamedingen use.

«Und miin lungeschuss?»

«Laasch ligge. Üelinger! duu überninsch! Chum etz!»

«S isch uf diinere siite», säit d Mariisa, wo langsam dur d Luchswiseschtraass faart und d numere suecht. S sind siben- oder achtschtöckegi blöck, langzoge, de schtraass naa, und zwüschetdure gseet men ander dehinder in ere zwäite räie.

Im föifte schtock obe gseet di äint tùùr schlimm uus: acht löcher, wo di hell sune dureschiint.

«Nöd guet, wän äin dehindergschtanden isch», komentiert der Ääschme.

Si schäled wisewii bi de Maara Anditsch. Si wott vo bäidne d uuswiis gsee: «Isch guet.» Si widerholt, das si geschter zaabig liislegi pfüpf ghöört heb, si heb nüüt tänkt debii, s seg äigetli nöd luut gsii, eersch hüt am moorge heb si d löcher gsee i de tu̇u̇r, da seged ere di paar pfüpf wider in sinn choo und si heb s irem maa gsäit, und ire maa heb gsäit, die hebed tämpfti föön ghaa, und dänn heb si de polizei aagglüüte, am moorge früe, am sächsi, die hebed ere gsäit, das seg nüüt èèrnschts, und dänn heb si, wil ire maa nöd luggglaa heb, namaal telifoniert. Ire maa chön ebe zwenig tüütsch zum sälber telifoniere.

«Isch scho koomeschi wonig, isch vil wuche lèèr, dänn vier tääg isch maa oder frau dine, chunt nie use, dänn wider lèèr. Mängmaal chunt maa oder frau verbii, mit groosse seck vo Migro, und gaat wider, ooni seck. Redt nie mit äim.»

Der Ääschme hät kä guets gfüül. «Händ Si geschter öppert gsee inegaa? Oder i de letschte tääg?»

«Bin i nöd ganze taag im schtägehuus», git si zur antwort.

«Machemer d tu̇u̇r uuf!» säit der Ääschme, und mäint d Mariisa.

Si lueget en kritisch aa, holt ires pschteck füre und mit zimlichem uufwand cha si nach drei minuute de rigel zruggzie. Aber d tu̇u̇r schtoosst sofort aa, an öppis nachgibigem. Bäidi schtämed sich gäge s tu̇u̇rblatt und schiebed de körper dehinder uf d siite: s isch de Patrick Fischer, si gseend s uf der eerscht blick, er liid uf em rugge, d augen offe, hinenusegheit, vole bluet, di mäischte schüss müend en zmittst i d bruscht tüpft haa.

D Mariisa schickt d frau Anditsch in iri wonig zrugg; der Ääschmen alarmiert de Chèèrn und de Füessli.

«Fröȯg de Burkert aa, öb de Fischer daa e ghäimi wonig heb. Und wèèr zletscht dine gsii seg. Und gimer es päärli häntsche.» Der Ääschme hät nie kä häntschli bi siich, imer mues em sini schtellverträtteri uushälffe.

D wonig isch äifach iiggrichtet, würkt trotz de mööbel lèèr. Wil kä bilder a de wänd hanged? Me schmöckt echli de schtaub. Im büechergschtell schtönd ussert vier bänd Schiler wèrch vom Gopfriìd Chäler, vom Konrad Fèrdinand Mäier, vom Gotthälff, vom Karl Mäi und vom Isaak Asiimoff. D Asterix-bänd sind quèèrggläit; si sind z hööch für s gschtell. «Für jede gschmack öppis», tänkt der Ääschme. D chuchi isch uufggruumet, de chüelschrank vole mit milch, anke, fläisch, wǜǜrscht, kompott, sogaar e fläsche schämpis schtaat dine. Im tüüffchüelfach hät s broot und tüüffgchüelti frücht. E wuche chönt me daa scho überläbe.

Di bäide bett im schlaaffzimer sind ggmacht, im chaschte hanged zwee moorgeröck.

All zaabǜǜrschteli im baadzimer sind iiphackt, wäschblätz und tüechli ligged zämeggläit im ene schrank.

D Mariisa chunt: S seg taatsächli e ghäimi wonig, sägi de Burkert. De Fischer heb en schlüssel ghaa, wil er mängmaal äini bruuch, wän er e frau mües underbringe, wo gflüchtet seg vor irem maa, oder es chind, und er heb doch nöd jedes maal wele go bättle bi de zueschtändige schtell, und vilfach seg de nootfall ja znacht iiträtte.

«Er mues sich nöd entschuldige», säit der Ääschmen ugeduldig, «wèr isch zletscht dine gsii?»

«E Greeta Iseli, vor eme vierteljaar öppe. Aber wänn de Fischer d wonig uusggèè heb, so heb er daas nöd jedes maal ggwüsst.»

«Waas macht de Fischer i dère wonig?» Der Ääschme säit s mee zu sich sälber als zu de Mariisa.

«Er wiìrt si öppertem ha welen übergèè und isch a d tǜǜr, wo dèè oder die gschälet hät. Dänn sind s läider di faltsche gsii», säit si.

«Er hät nen aber nöd uufggmacht, er isch an schpioon go luege; die händ en dur tǜǜr dure verschosse.»

«Schtaasch duu graad hinder d tǜǜr, wänn d nöd wäisch, wer dussen isch?» macht si.

«Wän i en bekanten erwaart, und mi blos wott vergwüssere ...»

«Ebe. Also häd er mit öppertem abggmacht ghaa, won er känt.»

«Muesch mer blos na säge, mit wèm.»

«Tänk mit dèm oder dère, won em aagglüüte hät und wo s soo pränt hät, das er grad us em büro usegschtüùrmt isch.»

Bim waarte lenged sich d minuute grausam. De ggrichtsmediziiner wott und wott nöd choo. Em Füessli sini schpuuresicherereggippe hät voorsichtig iri inschtrumänt um de körper vom Fischer ume gschungliert und i de wonig uufgschtelt. Fotografiert isch glii emaal; d pinsler händ lenger.

«Chunsch en huuffe fingerprint über», chündt em de Füessli aa, «das isch schlimer als im ene baanhoof. Hoffetli chasch öppis aafange demit. D wonig isch sit wuchen ubenutzt, das gseen i vo aug.» Vor er gaat, lueget er namaal uf de Fischer: «Aarme siech! Schaad um en.»

Der Ääschme lueget em tokter Chèèrn zue, wien er de toot undersuecht. So chüel de ggrichtsmediziiner susch isch, hüt häd er en koleeg vor sich.

«Los, Maartin, ich mues na zue de Silwia, zu sinere frau», säit der Ääschme, was chan ere säge?»

«Ach gott! Das isch e truuregi sach! Säg ere, er seg grad tood gsii, zwee schüss sind i s hèèrz, beed letaal. Di andere sind siitlich und drunder denäbet. De chopf isch uverletzt.» De Chèèrn isch sachlich, wien imer.

D Silwia. Das isch en schwèère gang. Öppertem de tood aasäge – das hät er nie ggleert, i allne jaar nie. Waas söl er säge? Wie söl er s säge? Er winkt d Mariisa zuen em ane, wiist si aa, bim huuswaart d wideouufzäichnig vo de garaasch z hole, wänn s überhaupt äini heb. Nachane söll si luege, wie s em Öttiker göng. «Und tänk a sini wonig. Und an Güùrps.»

★

A der Alemoosschtraass lueget der Ääschme s räienäifamiliehuus aa, lang, bis er sich en ruck git, s gaartetö̀ö̀rli uufmacht und schälet a de huustǜǜr.

«Ha di scho gsee daaschtaa, Häiri», grüesst en d Silwia, «chumm nu ine. Er isch tood, gäll?» Si hät s erwaartet. Si brüelet nööd.

S wììrt e langi schtund. Vilicht au zwoo. S isch unaaschtändig, aber der Ääschme sött si uusfrö̀ö̀gen über ire maa, wo si grad ebe verloore hät. Er cha das nööd, nöd bi de Silwia. Das isch scho schwirig ggnueg bi fremde lüüt, wo plötzli en ermordete händ i de familie.

D Silwia mèrkt s: «Frö̀ö̀g nu, Häiri, muesch ja. Wänn s mer dänn richtig inen isch, chan i nüme.»

Guet, säit sii s, er hett etz nüme wiiter ggwüsst. Er mues fasch kä fraage schtele, si säit ales vomesälber. Si händ kä schulde, ussert d hipoteek, si gönd a ggwööndlechi oort i d fèrie, er schpilt nööd, er hät nie koomeschi lüüt häipraacht, d änkel tö̀ö̀rffed i d fèrie choo zuen ene. Won er nach eren andere frau frö̀ö̀get, lächlet si: «Mängmaal hett er schochli tö̀ö̀rffen über d schträng schlaa. Er isch vilicht gliich z braav gsii. Me häd chöne veruusgsee, was er macht. Aber das isch sini aart gsii. Er hät nöd chönen zu sinere huut use. – Ach gott! Und iez isch ales dure!»

Er isch froo, won er wider dussen isch. Was häd er scho ggwüsst vom Patrick Fischer? Was wäiss men überhaupt vom ene mäntsch? Häd er äine vo de schrebergèèrte ghaa nö̀ö̀ch bim huus? Händ sini chind gschpilt uf em chinderschpììlplatz? Sind s i das schuelhuus, won er verbiigfaaren isch draa?

Im büro schtelt er d numere vom schtaatsaawalt Chlotz ii. Hoffetli isch er ume.

Er isch: «Wo bränt s, hèr Ääschme?»

«Mer händ emal duuzis ggmacht, Ruedi.»

«Ja, verrecktnamal! Tschuldigung. Was häsch uf em hèèrz?»

«Bisch frei für en diffissiile fall?»

«Mit diir imer.»

«S chönt aber na s äint und s ander draahange.» Er setzt en i s bild, wie de koleeg Fischer verschosse woorde seg, me heb kän verdaacht, s seg überhaupt ales mischteriöös.

«Solang dini scheffin käi SOKO uf d bäi schtelt, cha s nöd schieffgaa», macht er süffisant, «pricht mer, wänn d öppis häsch.»

Mit em Chlotz cha me rede. Dèè hulff em au, wänn s ‹chrischchindli› en abschtruusi idee sött haa.

I s büro vom Patrick Fischer laad er all sini mitaarbäiter choo. Er schtelt ne di gliiche fraage, won er em Bruno Burger gschtelt hät i de nacht. Das nèrvt s. De Burger hät scho poret und ne fasch d gäälsucht aaghänkt. D uuskümft tööned drum au giftig.

Nöis chunt nüüt use. Er isch suuber, kä schulde, kä schpiilsucht, kän dubioosen umgang, kä mètrèss ... «Sonen langwiiler anglet sich doch kä mètrèss», säit äine vo de jüngere, und all grinsed.

«A waas häd er gschaffet?»

Rutiinebüez, äitöönegi rutiinefäll, abghauni chind, abghauni fraue, abghauni mane, all us intakte familie, wo zämehebed wie päch und schwäfel, der üeplich schrott halt.

Nüüt isch daa z hole; au wänn s em Ääschmen ugèèrn uuskumft ggèè händ, aagcholet woorden isch er glaub doch nöd. De Patrick Fischer hät siis händi abggnaa, isch uufgschtande, hät de tschoopen aaggläit und isch mit em händi am oor zum büro use.

Sälber chunt au na de maa am empfang draa, s isch de Pirmiin, wo der iidruck macht, er ässi daa sis ggnadebroot.

«Wänn häsch geschter de Patrick Fischer gsee usegaa?»

«Fröògsch mi ä na! Was isch ä loos? Häd er s familiesilber gschtole?»

«Wänn, Pirmiin, wänn?»

«Viertel ab zäni han i tänkt, s chan au e viertelschtund früener oder schpòòter gsi sii. Ich lueg nöd bi jedem uf d uur.»

«Häd er dussen öppert troffe?»

«Häiri, du gseesch, das ich praktisch nüüt gsee vo verusse. Ich han em ä nöd naagglueget.»

S gaat scho gäg di vieri, won em d Schanin Wèètli in sinn chunt. Die chäibe psetzig z Höngg häd er ja ä na uf em puggel! Also mäldet er sich für en chùùrze psuech aa. Er mues zum huus use, wil uf siim pult drüü zädeli ligged, jedes mit em gliiche tägscht: «scheffin! aalüüte! iez!» Hinder jedem wort hät s es uusrueffzäiche, und jedes wort isch underschtriche.

I de versicherig a de siiteschtraass vom Bläicherwääg empfangt en d frau Wèètli wider hinen i de hale vom partèèr, wider gönd s i s schpràchzimer.

Ire wächter waarti imer na wisewii, säit der Ääschme, und läsi de ‹Tagi›.

«Ich wäiss, er nint en us miim briefchaschte.»

«Isch en daas?» De lütnand zäiget ere d kopii vom asilantenuuswiis und hebet de tuume über de name.

Si nickt. «Wie häisst er? Vo woo isch er? Die lüüt chömed us de Süüdsee, nöd waar?»

«Das säg Ne nööd, dänn chönd Si sich nöd vertschnäpfe.»

Si isch iiverschtande.

«Wie isch d laag im huus?»

«Mini eltere händ sich arangschiert, wool oder übel, d mueter gaat go poschte, under uufsicht, de vatter programiert, au under uufsicht. Si verschtönd warschiindli tüütsch, au wänn s es nöd reded. Tunkt s mi. Französisch chönd s sicher. Plötzli hät s amig e französisches wort im ene satz.»

«Wafürtegi?»

«Me chunt nöd druus. Mèrd alòòr han i ghöört, il pãs und õ s'è trõpé.»[1]

---

[1] *merde alors! – ils pensent – on s'est trompé*

«S schiint mer, s seg nen öppis abverheit.»

«Miin wächter hät geschter i s telifoon ine gschumpfe; das häd er na nie ggmacht.»

«Ire wächter isch en asilant, wont scho paar jaar i de Schwiiz, d adrässe hämer nanig. A den andere schaffed mer na. Wisoo händ Si äigetli nie gfrö̀ö̀get, was s wänd?»

«Han i tänk schoo! De wächter hät gschwige.»

«Fassed Si naa. Vilicht ruckt er gliich use demit. Säit ne de name Patrick Fischer öppis?»

Si schüttlet de chopf.

«Ralf Öttiker?» Der Ääschmen griifft sich grad an chopf. Was bloderet er daa? Die ghööred ja i zwee ander fäll ine. En alterserschiinig? «Vergässed Si s!» Er bringt ales durenand.

★

D Mariisa waartet äxtra, bis der Ääschme zruggchunt. Si hät d wideobänder vo de garaasch duregglueget mit em huuswaart. Dèm hät s zwaar gaar nöd passt. Am änd häd er aber es auto entteckt, wo nöd i d garaasch ghöört.

«Muesch nöd frö̀ö̀ge, wèm s ghöört, s isch gschtole und scho wider gfunde. Abtrück muesch au nöd frö̀ö̀ge, hüttegi dieb trääged häntsche, au im sumer.»

«Defǜǜr häsch d portrè, nim i aa.» De lütnand mäint, er mach en gschpass.

«Han i. Läider schlächti.» Si vergröösseret d chöpf, wo d kamera natüürli dur d schiibe duren uufggnaa hät. Si sind utüütli. «Ich ha s mit em schaarffzäichner probiert, mit verfiineren und vergröössere, aber vil besser isch es nöd woorde. Lueg!»

«Laa s gliich umezäige. Wänn s öppert känt, chömed mer emänd gliich zu näme.»

«Befeel scho uusgfüert, scheff. Ich ha de Juliaan verbiigschickt. Das muesch ja zaabig mache; die schaffed all deet.»

«Braavs mäitli, häsch guet gschaffet.»

«Säg nöd mäitli!» èrgeret si sich.

D Mariisa isch na under de tüür, wo d scheffin ineschtüürzt: «Si sind ja daa! Wisoo lüüted Si mer nöd zrugg? Ich probier Si z erräiche. Sit schtunde.»

«Ich han en fall under händs.»

«Jaa, ggnau wäge dèm isch es, äine won i nöd drüber oriäntiert bin. Daas scho sit geschter! Us miim quartier!»

«Je weniger, das öppis wüssed, descht besser.»

«Aber ìich schoo, schliessli bin i d scheffin vo dèren abtäilig.»

«Näi, au Sii nöd! Ich wäiss nanig, öb da tèrorischte dehinder sind. Da hämer plötzli es bluetbaad, wil öppert tumm gschnuret hät.»

S ‹chrischchindli› reagiert blos uf tèrorischte: «Dänn müemer de Militèèrisch Sicherhäits-Dienscht hole. Das töörffed mer nöd eläi lööse.»

«Zeersch probiered mer s ooni schaarffi munizioon, frau tokter. S schwèèr gschütz faared mer uuf, wänn s nöötig wìirt.»

Si schüttlet de chopf: «Si handled gägen all wiisige, erfaarigen und leerbüecher.»

«Mäischtens langet de normaal verschtand», macht de lütnand.

D scheffin macht groossi, böösi auge. Si cha nöd wiiterfaare, wil d Mariisa zruggchunt: «Der Öttiker isch gschtoorbe.»

«Himelhèrgottschtèèrnesiechabenandnachemal! Händ em die nöd besser chöne luege!» fluechet de lütnand.

«Was isch daas wider? Namal en fall, wo Si vor mer verschtecked?»

«Bis etz isch es blos en lungeschuss gsii. Iez isch en mord druus woorde.»

«Si handled äigemächtig. Ich schtele fescht, das Ne d fäll wider emaal über de chopf use wachsed. Dänn händ s i au na de verschosse koleeg Fischer. Daa müemer lüüt vo anderne gruppe biizie.»

«Ziend Si bii!» schimpft der Ääschme, «ìich schaff wiiter, wie s mer passt!» Und zu de Mariisa: «A waas isch er gschtoorbe?»

«Das händ s mer nöd wele säge. Nach miim gfüül isch öppis fuul.»

«Iri mitaarbäiter handled ä scho mit gfüül! Ääschme! Gfüül!» regt sich d scheffin uuf.

Der Ääschmen überloset s: «Wetz in Wäidschpitaal überen und bring en em Chèèrn. Und chnüündle dènen uf de seel ume, bis s chotzed, was schieff ggloffen isch. Gimer s hüt na dure, chasch mer au häi aalüüte.»

D Mariisa verschwindt; d scheffin bliibt: «Grad es wunder, das Si nöd au na daas sälber mached. Aber Si chönd ja e frau voorschicke.» Em toon naa isch es en voorwurff.

«Das isch de Mariisa ire lungeschuss, nöd miine. Abgsee devoo, isch si bald so guet wien ìich.»

3 Vom galgeschtrick im hèrschaftshuus und über dèm sini fründin ggraatet d Mariisa an en alte find vom Ääschme.

De frûene schtund zum trotz, und trotz irem halbwache zueschtand, d Täitäi erineret en draa, das er en häilige thèrmiin usslaa hät geschter: de wucheträff i der Iwonn-Baar.

«Ou, verrecktnamal! Han i vergässe», macht er, «aber ussert suuffe mues i ä na schaffe; ha zirka drei fäll am hals.»

D Täitäi wäiss, das men em Ääschmen ales tòòrff säge, solang s nöd gäge siini aarbet als polizischt gaat. Susch isch füür im tach. Also macht si ganz zaam: «Mer händ halt d fläschen eläi töödt, z zwäite.»

«Hät s na zu wichtigen iisichte gfüert, oder händ er wenigschtens d wält umpout?» Der Ääschme tänkt an Öttiker, an Fischer und a d Schanin Wèètli.

«Muesch de Schtäiner fròòge; ìich bi na am alkohool abboue. Er laat die grüessen, und d Iwonn au.»

E müedi underhaltig. Em Ääschme chunt uf daas kän satz me in sinn, d Täitäi schwigt au, bäidi büüged sich in ‹Tagi› ine, won er ufegholt hät, samt de püürli vom Buechme. Er lueget de lokaaltäil dure, öb s öppis wüssid von äim vo sine fäll. Die ghööred susch s graas wachse. Au de Schorsch König, de prässeschprächer, hät de präss geschter nüüt chöne säge, wil em der Ääschme nüüt ggliferet hät.

★

Am sibni hocket de lütnand im büro schtatt am rapport, d Mariisa wisewii am beschprächigstisch. Si mues em verzele, werum der Öttiker gschtoorben isch. Si ruckt ugèèrn use, s chund ere voor, sii seg tschuld, sii eläi. Sii heb en züüg la schtèèrbe, wo me bruucht, partu.

«Öppert mues em pänziin i d imfusioonsfläsche gglèèrt haa», mues si säge.

Der Ääschme fluechet. «Wèèr? Und woo isch dè tschumpel vo polizeimaa gsii?»

«Uf em hüüsli. Zää minuute. Hööchschtens. Eener föif. I dère ziit mues öppert ineggange sii und ...» Si lèèrt mit de hand en imaginèèrs fläschli ine.

«Mach mäldig a s phèrsonaalbüro.»

«Er isch sit zwänzg jaar ...»

Er winkt iren iiwand ab. «Umso schlimer. Git s e wideoüberwachig?»

«Näi. De daamen am empfang isch nüüt uufgfale. Daa chan inen und use, wèr wott. Mer chund über d garaasch ine, über d kafeteriia, über d nootuufnaam. S hät luuter löcher.»

«Aber d intänsiivschtazioon wiirt hoffetli e tüür haa? Oder schtaat blos *Zutritt verboten* druff?»

D Mariisa nickt.

«Himelschtèèrnesiech! Wele schwiizer glaubt hüt na a verbotttafle!»

Es ziitli isch böösi rue. So böös, das nöd emal d Mariisa es wörtli trout z säge.

Dänn hät der Ääschme sini wuet abegschaffet. «Nimm s nöd phèrsööndlich», entschuldiget er sich, «wie gömer wiiter?»

«Mer händ na de jung maa; das häisst, mer händ en nööd.» Si lueget ire scheff aa, wien er s uufnäm. Si mues em s ja säge. Susch git s na s gröösser ggwitter.

«Mhm, wiiter.» Er isch etz äi rue.

«Er isch nöd grad wider furt, wie s vorgeschter ghäisse hät, er heb ggwaartet vor em iigang, me heb em gsäit, er söli waarte, me mües sini phèrsonaalie haa, aber dänn seg s em vermuetli vertläidet.»

«Und me wäiss nöd, won er dè Öttiker gfunde hät?»

«Näi. Er häd en mit siim auto praacht, numeren ubekant, d maargge – en mitsubischi, mäined s.»

«De Schneebeli söll en mitsubischi sueche mit eme junge faarer. Hät mer würkli käi gröössi, käi haarfarb, käi chläiderfarb?»

«Tunkli haar, käi brüle, kän schnauz, kän paart, mittelgrooss.»

«Gib em s wiiter. Guet: duu bliibsch draa am Öttiker, ìich am Fischer. Schtell sini wonig uf de grind, also em Öttiker sini. Ich psoorg der en schtaatsaawalt. Und schick mer de Schneebeli übere – wän er scho daa isch.»

S isch scho d ziit vo de ‹schtrö̀ö̀ffzgi› bi de scheffin, wo der Ääschmen ebefalls usslaat, da chunt es telifoon ine vo de Segantiinischtraass 61. Er laat d frau Äberhart uusreden und überläit, was er re söll säge. D waret? Da seg öppis gschpässigs im huus, i de wonig under ine, bis Wèètlis, und d tochter Wèètli, d Schanin, seg scho sid em sundig oder lenger nümen in irer äigne wonig, sondern bi den elteren obe. Susch seg si doch sälbschtändig, mee als sälbschtändig. Si heb gschälet a de huustǜǜr vo s Wèètlis, aber niemert heb uufggmacht oder reagiert. Debii ghööri si doch, das s dihäiseged. Geschter heb si d Jolanda, also d frau Wèètli, aaghaue bim poschte, si heb ere knapp de gruess abggnaa und käs wort ggredt, blos jaa und näi, und seg susch uufgschtelt und chömm nach em Coop amig au i s kafi, i d ‹Zuckerdoose›, aber iez geschter nööd und vorgeschter nööd und vorvorgeschter. Das seg doch uuffelig. Öb nöd polizei chönt go luege. Wil d Jolanda zu alem ane für e halbi kompanii poschti, heb ire maa gsäit; ire maa hälff ere trääge, si seged ja pangsioniert. Also das seg gschpässig; bis Wèètlis une schtimi öppis nööd.

De lütnand tanket ere zeersch, das si uufpasset heb, was göng. Si mües aber käi angscht haa, d polizei heb e relatiiv e ggnaus bild vo dèm, was lauffi. Si chön aber nanig zuegriiffe. «Wän ich Si tö̀örff um äis bitte, näi: Si chönd öis sogaar hälffe, wänn Si nüüt degliiche tüend, d frau Wèètli lönd la mache, und vor allem mit niemertem reded über di ganz sach. Mer sind ganz nòòch a de löösig vom probleem. Si verschtönd sicher, das mer käi verletzti wänd.»

«Um was gaat s dänn überhaupt? Was sind das für fremdi mane, wo men a de fäischter gseet usegüggsle?»

«Mer händ imformazioonen über s. Mer sind uf em platz. Mer überwached s huus. Wèèr s isch, da git s e prässekomferänz nach em iigriff. Mached Si im momänt gaar nüüt. Soo hälffed Si de familie Wèètli und öis am mäischte. Iiverschtande?»

Si isch natüürli nöd iiverschtande, mungget öppis, wil si ja mit de polizei redt, und säit zue.

Der Ääschme süüfzget, das de Schneebeli, won underdessen inechoo isch, koomisch lueget: «Isch ja guet, wänn d lüüt uufpassed uf d lüüt. Aber s isch wie mit de demokratii: zvil devoo schtöört s regiere.»

De jung Schneebeli hät scho ghöört vo de rèètselhaften uusschprüch vom scheff, und das men am gschiidschte nüüt sägi dezue. «Da bin i, scheff.»

«Häsch d näme gfunde zu dène beede grind im auto?»

«Näi, scheff, die blöck sind lèèr under em taag, die sind all bim schaffe, d chind i de chrippen oder i de schuel. Praktisch ales ussländer. Nu de huuswaart isch en schwiizer.»

«Schaad. Gimer gliich en satz. Und gang hinder d mitsubischi vo de junge mane.»

Dänn verlangt er en schtaatsaawalt für de fall Öttiker. De Vogel hät dienscht. Mues das sii? D Mariisa wììrt fròid haa!

«Frank, ich hett wider emaal öppis für di, mord im schpitaal.»

«Töönsch nöd grad begäischteret», säit de Frank Vogel, «wie trüeb isch d soose?»

«Das wäiss i nanig. Vermuetli schtaat de löffel dine. D Mariisa Bianggi füert d undersuechig. Ich laa di oriäntiere. Ich säg der s blos scho, das d dini ziit chasch iitäile.» De Vogel isch scho en fuule chäib gsii, wo s mitenand a s gimi sind. Dè mues sini ziit nie iitäile; dèè hät ziit zum versoue. Er wììrt ä daa blos s alernöötigscht mache; nu wän öppis nöd graaduuslaufft, isch er nie kä hilff, eener en chlotz am bäi.

D sitzig bi de scheffin tòòrfft duresii; der Ääschme lüütet em Burkert aa: «Ich han e huuspsetzig z Höngg, Phaul, wie s uusgseet, vier manen us de Süüdsee. Was häsch a koomische gschäft deetune?»

«D scheffin hät sich uufggregt, das d gschwänzt häsch. Daas zum vooruus. Zu de Süüdsee: es totzet schtaate mit vil meer und wenig land. Uf dèm wenige land en huuffe lüüt mit eme huuffe schpraache. Was bruuchsch? Si schpiled natüürli au – um macht.» De Burkert holt imer echli uus, vor er zur sach chunt. «Gaat s um d huuspsetzig z Höngg, wo s ‹chrischchindli› hüt am moorge verzelt hät? Hebsch ere wider emaal öppis verhäimlichet.»

«Hoffetli bloderet si s wiitume. Dänn hämer d souerei. Aber säg, was häsch für chunde deetune?»

«Waffe, waas susch. Dini alte fründ Gùùrps und Wèètli sind mit vo de partii. Säit me. Wil d waffe natüürli nöd diräkt ggliferet wèèrded, sondern uf umwääg. Känsch ja s gsetz. Soo verdiened äifach epaar ander na öppis chliises zwüschetuse. Solang d i fridlechi länder liferisch, bisch teckt. Wunderisch di mängmaal blos, wisoo fridlechi länder sovil waffe bruuched.»

«Wèètli! Ich tume siech. Das cha doch e verwächslig sii.»

«Was häsch?»

«Das verzell der nachane. D helfti wäisch ja scho vom ‹chrischchindli›. Chunsch mit zum Wèètli oder mues i eläi gaa?»

«Das isch miis rössoor, Häiri, da bin i debii. Wänn?»

«Iez!»

Di nòòchscht isch iez d scheffin. «Werum händ Si die huuspsetzig müese bräitschlaa?! Öppis tümers hett Ne nöd chönen iifale.»

«Wie reded Si mit mììr?»

«Wien en mäntsch, wo d verantwortig für s läbe von epaar ander mäntsche hät.» Der Ääschmen isch verruckt. Die chue! Wänn s uus·chunt, mues er schtüürme, und schtüürme häisst au tooti, amel fasch imer au tooti.

«S wüssen isch imerhiin under wenig abtäiligscheffe.»

«Näi, jede tubel chan Ires sitzigsprotokoll abrüeffe. Das isch so guet wie öffentlich.»

«Haalthaalt! Mer sind doch ales vernümftegi lüüt, won überläit handled.»

«Ja wohèèr! De prässeschprächer isch giirig uf njuus,[1] jede chlii polizischt blagiert i sineren umgäbig demit, de regierigsraat verzelt s siim ängschte fründ, di ängschte fründ irnen anderen ängschte fründ, und so wiiter. Dänn landed s i de präss, dänn häisst s, werum tuet d polizei nüüt, dänn chunt s komando zum schtùùrm vo wiitobe, und s bluetbaad isch programiert. Holed Si das protokool sofort us de zäntraaläinhäit!» Er hät sich i s füür ine gschnuret.

«Si glaubed nöd, das ich befeel entgägenäm vo Ine?»

«Ich bitt Si drum, scheffin, mached Si s.»

★

A de Biirmeschtoorfferschtraass, oberhalb vom Goldbruneplatz, gönd s i s huus, wo grooss TURİMOBİLİE schtaat, fasch über di ganz fasaadebräiti. Uf jedem i hät s schtatt em i-phunkt es chrööndli.

Der Ääschme wie de Burkert käned de wääg, beed sind scho daagsii, aber na nie mitenand.

D sekretèèrin wott s abwimle. De hèr tokter Wèètli heb z tue und chön umögli ...

«Er cha», säit der Ääschme, «wänn zwee polizeilütnänd uufchrüüzed, dänn chan er.»

---

[1] *news*

D sekretèèrin gaat s ine go säge. «Käs wort vo de huuspsetzig, gäll», cha der Ääschme na de Burkert inschtruiere, vor s d sekretèè-rin mit eme früntliche lächle dur d tùùr i s alerhäiligscht ine bittet.

De hèr tokter Wèètli chunt ne schowiaal entgäge und länkt s an beschprächigstisch: «Was füert Si zu mìir, hèr Burkert, hèr Ääsch-me, das isch soozsäge hööche psuech. Waas chan ich für Si tue?»

Der Ääschme känt em Wèètli sis aarbetszimer, s isch imer na gliich: Uf zwoo siite fäischter bis an boden abe, drüüfach verglaa-set, das me kän schtraasselèèrm ghöört, de wänd naa ales iipouti chäschten us chriesbaumholz, s pult us em gliiche holz, iez, gäg di zwölfi, hät s fasch käi aktebiigen uf em pult. De kompjuuter sumet liislig.

«S gaad um Iri gschäft, hèr tokter Wèètli», fangt de Burkert aa, «Si händ chunde z Frankriich und z Nöiseeland.»

«Jaa. Uf waas wänd Si use? Ich füere waffen uus. Schtimt. Aber ganz legaal. Susch chiem i kä bewiligung über.»

«Si wüssed sicher, das Frankriich überséééschi tèritoorie hät i de Süüdsee und das Nöiseeland au deetunen isch?»

«Und? Füert Nöiseeland chrieg? Füert Frankriich chrieg?»

«Näi. Wä me d zaalen aalueget, hèr tokter Wèètli, so rüschted Si Nöiseeland für en halbe wältchrieg uus, und Nöikaledoonie ernöie-ret offebaar sini gsamt chriegsuusrüschtig.»

«Ich mues Ine d uusfuerbapiir nöd zäige, das wüssed Si, aber Si chönd s gsee: si sind in oornig.»

«Ich glaub Inen uf s wort, das d uusfuer schtimt. Sind Si sicher, das au d iifuer deet schtimt? Gönd d güeter i d häfe, won uf de bapiir schtönd?»

«Das mues s zueschtändig bundesamt verantworte, nöd ìich. Ìich verlade daa und chume d quittig über vo deet. Das sind nor-maali gschäft.»

«Trotzdèm händ Si vilicht gliich ghöört, das es inselschtaate git mit ere regierigspartei und mit eren opposizioon usserhalb vo de schtaate, opposizioone, wo wetted regiere, und ire wuntsch mit ggwalt duresetze.» De Burkert macht es phȍisli, bis er aafüegt: «Und mit Irer hilff.»

«Bin ich en politiker oder en gschäftsmaa? Ich bi teckt. Reklamiered Si bim bundesamt.»

Dèè ruckt mit nüütem use, tänkt der Ääschme, underschetzt aber em Burkert sini schlȍii: dèè schtelt e tumi fraag:

«E letschti fraag: D firma vom hèr tokter Gȕȕrps liferet doch s gliich materiaal i di gliich geget – chömed Si sich daa enand nöd i s gheeg?»

«Si schpiled uf früendregi schtriit aa, hèr Burkert. Dèè isch lengschtens abtaa. Mȉȉr schaffed zäme, wänn s beednen öppis bringt. Das isch s normaalscht vo de wält.» E sekunde lang isch er aber gliich iritiert gsii. Also gliich na en phunkt für de koleeg Burkert.

«Was isch äigetli Iri funkzioon bi dèm gschprȍȍch gsii, hèr Ääschme?» De Wèètli truckt em d hand mit eme moggante lächle.

«Ach, nüüt psundrigs. S isch nu, wänn Si hilff pruucht hetted gäge trooige oder chriegserchlèèrige, oder was wäiss ich, dänn wèèr i scho daa gsii.»

«Mached Si sich kä soorge, hèr Ääschme, ich wäiss mi z weere.» De Wèètli säit s ganz locker.

«Sind Si nöd z sicher, hèr tokter», das chunt gliich früntli vom Ääschme zrugg, «mer gseend is wider. Glii, säit mer mis gfüül.»

«Was oraaklisch daa?» macht de Phaul Burkert, wo s zruggfaared, «de Wèètli isch nöd druus·choo und ȉȉch au nöd.»

«Ich bin en tume chäib», erchlèèrt em der Ääschme, «ich bin en tume chäib. Die süüdseeinsulaaner händ de Wèrner Wèètli a de Segantiinischtraass verwächslet mit em Wèrner Wèètli z Hèrlibèèrg obe. Di händ schlächt röschèrschiert und blos under Züri naaggluegt im telifoonbuech. Hock aber bitte uf s muul.»

Uf em ruckwääg mäldet er sich bi de Schanin Wèètli aa. Si söl en wider abholen am empfang. De Burkert laad en uusschtiige vor de versicherig.

Der Ääschme säit de Schanin, das si vermuetli chuum me angscht mües haa, wil d süüdseeinsulaaner si verwächslet hebed. «Ich laan en überfallwage i de nòòchi schtazioniere und e ziviils polizeiauto – für all fäll.»

★

Schpòòter mobilisiert er d überfalleggippe. «Los!» säid er em Chündig, «ich wott kän äinzige toote. Die wèèrded wäich mit de ziit. Die sind zwenig agressiiv für tèrorischte, das sind eener idealischte.»

De Chündig zwiiflet. Er gilt als druufgänger, schlaat lieber zeersch drii und überläit dänn, was er hett söle mache.

«Tänk draa», schèèrfft er em ii, «das isch eersch e voorsichtsmaassnaam. Schtell dini truppen i aler schtili uuf und usichtbaar. Kän zuegriff ooni miin befeel!»

«Ich chum aber scho na en fackel über vom schtaatsaawalt, gäll?»

Nach em mittagässe oriäntiert en d Mariisa mit em händi über em Öttiker sis räienäifamiliehüüsli im Äierbrächt: «Ich glaub, ich find nüüt. Mer sind z schpaat. Da sind ander vor öis dehinder gsii. Die händ chäibefiin gschaffet, käi souoornig ggmacht, ales wider a siin platz taa, das es eersch mit de ziit mèrksch. D fründin hät mer ghulffe. Si gseet natüürli, wän öppis ä nu wenig verschtelt isch.»

«Waffe? Händi? Telifoonnumere? Agända?»

«Nüüt, nüüt, nüüt. En seif,[1] aber uufprochen und lèèr. Susch isch es souschöön da obe: modèèrn iiggrichtet, nöii schtüel und

---

[1] *safe*

tisch, jedi elektroonik, wo me hüt so hät, voorhäng, bilder, lampe, ales vom edelschte.»

«Voli äschebächer?»

«Der Öttiker und d fründin rauched bäid.»

«Gib s i s laboor. Händ d iibrächer gfunde, was duu gsuecht häsch?»

«S schiint mer schoo.»

«Dänn brich ab. Bring d fründin und frö̀ög si uus.»

«Cha si ja daa uusfrö̀öge.»

«He'e, daa, im verhöörzimer, mit bändli, das macht mee iidruck. Da bisch im voortäil.»

«Verschtande. Wèèr redt imer vo gliichlange schpiess?»

★

Phèr telifoon gid em de Füessli d uuswèrtig vo de schpuuresicherig dure. I de ghäime wonig hebed s nüüt gfunde. Epaar alti fingerabtrück, wenig nöii vom koleeg Fischer, am fäischterglaas gäge d schtraass, am chüelschrank und an ere fläsche mineraalwasser ebefalls nöii, wo niemertem zuezoortne seged. «D chuglen im Fischer sind us ere pischtole, wo vor zwäi und vor vier jaar bi zwee mörd pruucht woorden isch. Unuufgchlèèrt. Das isch zimli ales.»

«Und was häsch na i de hinderhand?»

«Wäisch nöd, was d vergässe häsch, groosse kriminalischt?»

«Ich schtìirb vor ggwunder.»

«Em Fischer siis händi.»

Die blamaasch. All häd er gfrö̀öget denaa, und sälber nöd draatänkt! «Säg s niemertem. Isch d numere druff vo dèm, won en us em büro gholt hät?»

«Mer händ d ruckruefftaschte truckt. S schälet. Aber s chunt niemert. Wänn s de psitzer furtgschmisse hät, wil er schiss hät, mer find en über s händi, dänn schälet s iez ìirgetimene wald usse. Also kän name. Tuet mer läid.»

«Häsch aber d numere, und zun ere numere ghöört en name.»

«Das laufft sälbverschtäntli, Häiri. Aber muesch möge ggwaarte bis moorn.»

Haarzig laufft dè fall. Was häisst dèè fall – all drei fäll. D Schanin Wèètli chund em in sinn, won er hüt nanig ggredt hät mit ere. Da schälet s: de tokter Chèèrn.

«Zeersch de koleeg Fischer», säit de de ggrichtsmediziiner, «er mues sofort tood gsi sii, zwee schüss i s hèèrz, äinen in buuch, äinen i d lunge. Di andere schüss müest de Füessli i de wand gfunde haa. Er isch guet binenandgsii, hett na chönen achzgi wèèrden oder elter. Das muesch ja sinere frau nöd ubedingt säge.»

«Bim andere, bim Öttiker wìrt s ja mord sii, oder?»

«Aber ganz sicher. Dè isch raffiniert gsii. Er isch ja gschtoorbe, wäret d polizeiwach vor em zimer gschtanden isch. De mörder hät pänziin i d imfusioonsfläsche gglèèrt, dän isch es fraag vo de ziit gsii, bis es der Öttiker im bluet ghaa hät.»

«Das isch hinderlischtig.»

«Alerdings. Das isch s eersch maal, das i daas ha.»

«Mèrssi, Maartin.»

★

Gäg der aabig chunt d Mariisa: «Häsch es lieber müntlich, gäll, ich schriib s dänn scho na uusfüerlich. Also.» Si chlappet iren läptopp uuf. «D fründin hät zeersch nöd ggmèrkt, das d wonig dursuecht woorden isch, wil si under em taag am schaffen isch, im gägesatz zum Ralf. Dèè tuet nüüt, häd imer gält, hät di ganz wonig zalt, und s huus. Das mues eren abnèè, wil d vom ene verchòiffe-rineloo käs äifamiliehuus chasch poschte, nöd emaal es räienäifamiliehuus.»

«Du mäinsch, si heb nüüt z tue mit de chrume gschäft vom Öttiker?»

«Si isch suuber, glaub i. Si mag öppis vermuetet haa, daas scho. Si hett mer s gsäit, wänn si mee wüsst. Das gfange zimer mit em riseschpiegel häd ere schaurig iidruck ggmacht.»

«Ebe», cha der Ääschme nöd zrugghebe.

S gseet soo uus, wie wänn d dursuecherei und de mord im schpitaal zämeghöörted. «Hät niemert öppert gsee i s huus gaa?»

«Ne'e. Kä fingerabtrück, natüürli nööd. D sigeretten sind bim Füessli.»

Dänn mues er re na säge, das de bezirksaawalt Vogel für de fall Öttiker zueschtändig seg. Er säit s ugèèrn, wil er en ja ä nöd mag.

«Mues es dèè sii!» regt sich d Mariisa uuf. «Mues en iilade?»

«Näi, dè schtöört di blos, schick em de pricht. Das häisst, er söll en ab em bildschìirm läse.»

«Mèrssi», säit si ooni begäischterig. Aber si wäiss au, das si der Ääschme teckt, wänn s mäis git.

«Häsch d fründin na i de nòòchi? Dänn zäig ere d chöpf us de garaasch a de Luchswiseschtraass.» Der Ääschme hät wider emaal sones gfüül.

«He? Was hät de Fischer mit em Öttiker z tue?»

«Wohèèr söl ìich das wüsse?»

«Werum mues i s dänn zäige?»

«Äifach soo, zum luege, chönt ja sii.»

D Mariisa schüttlet de chopf, laat d luft aab, das es der Ääschme ghöört, chunt glii wider zrugg, macht e phause, lueget en aa: «Si känt s. S sind de Fränk und der Älex. Die seged wie zwiling. Chömid imer mitenand. Fründ vom Ralf.»

«Familienäme?»

«Känsch duu öppe dini suuffkumpään im Döörffli mit familiename?»

Schpòòter chunt si namal verbii zum em Ääschme verzele, wo der Öttiker vercheert hät, praktisch i allne baaren im Döörffli.

De lütnand findt s e läischtig. Na di gröösser wèèr, all abzchlappere. «Aber Ralf häisst dèè nööd», säid er, wo si em d foti vom Öttiker zäiget, «das isch de Chris oder èèndlich. Mit dèm han i nie ggredt; dèè isch imer grad abtuubet, wän i inechoo bi.»

«Wie schtellsch der d fortsetzig voor? Müemer i s Döörffli go sini koleege uusfindig mache? Die ziit hämer ja nie!»

«Jeden aabig i s Döörffli? Näi! Fùùrchpaar!» säit der Ääschme, «häsch näme vo sine telifoongschpròòch?»

«Nu ‹scheff!›»

«Wider nüüt. Ghöört em s huus? Sit wänn? Vo wèm gchaufft?»

«Gaasch nöd echli wiit?»

«Suech!»

Si gaat und chunt zimli glii wider: «Vo de TURIMOBILIEN AG.»

«Gseesch.»

«Chasch mer diis ghäimnis verraate, werum d mi druuf ghetzt häsch? Häsch es bimäid zum vooruus ggwüsst.»

«Wäiss ìich doch nööd. – Gfüül. – Me cha nöd di ganz wält loogisch erchlèère. Und d mäntsche scho gaar nöd.» Er lachet i siich ine. Das macht gliich na iidruck, wä men an ere junge öppis cha voormachen als alte haas.

4 Nach eme schtriit mit de scheffin macht der Ääschmen mit em Burkert en psuech und trifft sich au mit em ‹Toppellauff›.

Am friitig am moorge gaat der Ääschmen an rapport und nachanen a d naachsitzig bi de scheffin. Für de fall, das si sich im glanz vo de nöischte mörd wett sünele, tänkt er, mües er s schlimscht verhüete. Aber d scheffin hocket uf s muul.

In irem büro dän aber nüme. Si wäiss etz, das süüdseeinsulaaner d wonig vo s Wèètlis psetzt händ, von ere familie, wo si känt. Si wäiss au, das er geschter mit em Burkert bim andere Wèètli gsii isch, wo si blos em name naa känt. Si mues aber au i de vergangehäit ggrabe haa: «Losed Si, hèr Ääschme, ich bi der mäinig, das si de tokter Wèètli vo de TURİMOBİLİEN em koleeg Burkert überlönd. Voll und ganz. Si händ Iri schtrüüss mit em Wèètli vor epaar jaar sicher nanig vergässe, und da isch d gfaar grooss, das Si naaholed, was Ne doozmaal nöd gglungen isch. Si verbiissed sich in en. Chùùrz gsäit: Si sind befange.»

De Burkert, wo susch wenig säit, griifft ii: «Dèè häd aber ggwaltig dräck am schtäcke, frau tokter.»

«Sovil dräck, das me de schtäcke nüme gseet drunder», schiebt der Ääschmen naa.

Druuf d scheffin: «Gseend Si! Si händ vooruurtäil.»

Da widerschpricht ere der Ääschme: «Näi, ich ha blos läider na kä bewiis.»

«Sii mached daas mit em Wèètli, eläi! Und Sii halted sich da druus!» D scheffin git nöd naa und zäiget zeersch uf de Burkert, dän uf der Ääschme. Si hät s aber schwèèr hüt.

«Wie schteled Si sich das voor, frau tokter?» de Burkert erhebt iischpruch, «das chan ich gaar nöd mit mine lüüt. Oder mues i em Ääschme sini eggippen übernèè? Näi, die psetzig isch em Häiri sini sach.»

«Wèr wäiss, vilicht sind ja d psetzer moorn im Wèètli sinere wila z Hèrlibèèrg obe.» De lütnand zöislet etz. «Die händ underzwüsche ggmèrkt, das si de faltsch Wèètli vertwütscht händ. Sobald i i miim büro bin, laan i e wach vor d wila Wèètli schtele zum s abfange. Das häisst – wottsch duu das mache?» Er lueget de Burkert aa. Dèè mues s lache zrugghebe; di anderen au.

De wortschtriit laufft im chräis ume, bis sich sogaar di figelant sekretèèrin Ela Epprächt erkundiget, was etz gälti: öb der Ääschmen oder de Burkert de fall wonigpsetzig heb. Iri aafraag gaad under im durenand vo de mäinige, won all ander abtäiligscheffe, de Pünter, de Schütz, de Vetter, de Zuppinger und au de nöi Burger, en prèzedänzfall gseend für kümftegi luuneschi uufgabeverschiebige. Si mäined natüürli de verluscht vo posizioone. Der entschäid bliibt im ruum schtaa, wie s hüt häisst, reschpäktiiv im ruum schwäbe.

«Häsch äxtra nüüt vom Gùùrps gsäit, wil d dèè nöd ä na häsch welen übernèè?» schpöttlet der Ääschme nachane, won er sich im gang usse vom Burkert verabschidet.

«S ‹chrischchindli› hät s entschäide vergässe», lachet de Burkert, «also bisch imer na duu draa.» Und wìrt grad wider èèrnscht: «Wäisch scho öppis über de Patrick?»

Über de diskusioon wäg em fall Wèètli isch de fall Fischer gaar nöd zur schpraach choo.

«Da isch mer etz überhaupt nüüt klaar. Ussert, das profi dehindersind: kä fingerprint, d schüss dur d tùùr, de gschtole wage. Und em Patrick chan i käi verbindig zur underwält oder halbluusche figuure naawiise. Das wèèr au abwäägig, das wùùr nöd passe zuen em.»

«Ja, Häiri, apropo Gùùrps – wänn nämed mer öis dèè voor?»

«Ooni de säge vo obe? Das isch na de gröösser halungg als de Wèètli. Du häsch sicher es mäppli mit akte, wo nanig de wääg i d zäntraaläinhäit gfunde händ. Chasch mer s nöd übereschicke?»

«Häiri, du wäisch, das ich dir nüüt cha gèè, won inexischtänt isch. – S liit hüt mittaag uf diim pult.» Er lachet und gaat.

Zrugg im büro hanget de lütnand zeersch a s telifoon und frȍȍget de polizeimaa, won im huus oben a de Segantiinischtraass 61 d wonig obsèrwiert, was lauffi. S laufft nüüt.

Bim Chündig, bim scheff vom überfallwage, won i de nȍȍchi uf piggett schtaat, versicheret er sich, das er eersch im alerletschte nootfall laat schüüsse. «Wänn s devoofaared, laa s devoofaare und faar ugsee hinder ne hèèr. Ich wott s ooni bluet hinder mi bringe.»

De Chündig zwiiflet: «Da hilfft blos äis, und das sind schaarffi schüss, guetzììleti. Das isch miini mäinig.»

De nȍȍchscht isch de poschtescheff z Mäilen obe. Er ziet d hand namal zrugg, wo scho uf em telifoon liit. Er chönt au de sach de lauff laa. Hät de Wèètli nöd phauptet, er bruuchi kän schutz. Werum söl er em dänn hälffe gäge de Filemu Moni? Dänn lüütet er gliich uf Mäilen ufen aa: «Känsch doch de Wèètli z Hèrlibèèrg, gäll?»

«Der imobiliehäini und waffehändler? Wèr känt dèè nööd?»

«Los, chasch es aug haa uf sini wila. Ich ha ghöört, s seg öppis im tue gägen en.»

«He, dèè hät scho lang en diräkten alaarm zuen öis. Er prüefft all halb jaar, öb er na funkzionier. S git aaggnèèmeri ziitggnosse. Ich mach der s. Sicher nöd imm zlieb.»

Im groosse büro änen erkundiget sich der Ääschme, öb d ziitignotiz scho öppis praacht heb über de jung maa, wo de verletzt Öttiker abggliferet hät in Wäidschpitaal.

D Mariisa schüttlet de chopf: «Kä schpuur. Wie wän er sich wett verschtecke. Chasch ä nöd mee erwaarte, wän es signalemänt uf jede zwäit driissgjèèrig passt.»

De Schneebeli, wo hinder de mitsubischi hèèr isch, jameret, das er eewig lang draa heb, bis er jede nach sinere gröössi, haarfarb und nöd-schnauz gfröòget heb und won er gsii seg am mèèndigzaabig zwüschet em sächsi und em achti.

«Mach wiiter. Tänk draa, das mer en bruuched als äinzegi verbindig zwüschet em Öttiker und siim mörder. Vilicht häd er ja gsee, wèr uf en gschosse hät.»

«Da chönt me na uf d idee choo», säit der Üelinger, wo bis iez nu zueggloset hät, «das dèè, won uf der Öttiker gschosse hät, nachanen öise jung ubekant mitsubischifaarer gsee hät der Öttiker zämeläse. Der Öttiker häd em vilicht na öppis subschtanziells mittäilt, zum biischpììl wèèr uf en gschosse hät. Dänn hett de mitsubischifaarer en guete grund zum sich verschtecke.»

«Was isch äigetli mit de numere vom ubekante, wo de Fischer aagrueffe hät? Hämer en name?» fröòget der Ääschme d Mariisa.

«Das isch grad vorig inechoo», macht si, «en Pheeter Schoch, er faart würkli en mitsubischi. Ich ha de Simoon und de Juliaan i sini wonig gschickt.»

«Loont sich s dänn na, das mer all mitsubischifaarer abtelifoniered?»

«Näi, das chasch der etz schpaare.»

S gaat nöd lang, da git der Üelinger dure, das d wonig vo dèm Schoch lèèrseg. S gsäch uus, wie wän er hals über chopf furtggränt wèèr. Aber dursuecht woorde seg si nööd.

«Profikiler», bruschelet de lütnand vor siich ane. Er hocket an kompi anen und lueget sini ghäim liischte ‹TG› dure, won er emaal in ere ruige schtund inetöggelet hät. TG häisst Tunkli Gschtalte und isch e schpeziaalliischte, wo s äigetli nöd töòrfft gèè, wil unautorisiert und uggnämiget vom daateschützer. Wänn s dèè wüsst, gèèb se si nüme. Und d scheffin, wo ja juus gschtudiert hät, wüùr sich grausam uufrege drüber. Aber de lütnand isch schtolz uf sini äimaalig liischte, won er au grad d telifoonnumeren iigschpäicheret hät, das er blos mues druuftippe, und er hät siin chund am traat.

Er probiert s bim ‹Akrobaat›; dèè nint nöd aab. Er wèèlt de ‹Fred› aa; dèè isch psetzt. Dänn ebe de ‹Machimiliaano›. Er haltet sich a s ABC.

De Machimiliaano chnoorzet und überwindt sich gliich: «Fròòg emal de ‹Puure-Tschoortsch›, dèè chönt öppis ghöört haa.»

Ä dèè bruucht hilff zum chöne rede. «Wäiss nüüt, scheff, das wäisch doch!» säid er; sicher schiebt er en chòitsch im muul ume. Siin name häd er vo sine schlächte maniere.

«Los, wänn hämer äigetli s letsch maal dini looschen uf de grind gschtelt?» schwänkt de lütnand vom theema ab. Bim ‹Puure-Tschoortsch› findt men imer öppis, wo me nöd sött finde biin em.

«Vo mine liebschte bule bisch duu der eckligscht, Ääschme!» chnuret er.

«I miim alter änder i mi nüme grooss. Was sind für aktueli konträkt ume? Zum biischpiil gäge d zueträäger vo groosse hère?»

«Chasch mi umcheeren und schüttle, s chunt nüüt use. Dasmaal cha der nöd hälffe.»

De nòòchscht uf de liischten isch de ‹Newaada-Tschon›, won er nu flüchtig känt, vermuetli von ere Döörffli-baar hèèr. Imm schtelt er di gliich fraag wien em ‹Puure-Tschoortsch›.

«En vertraag? Z Züri? Gäge wèèr?» Die schtimm lüügt sogaar, wänn si d waret säit.

«Nimm diin grips zäme. Tänk an en zueträäger, ewentuell en uzueverlèèssige, äine wo für d gägesiite schaffet.»

«Möö, werum fròògsch das miich? Miir säit me doch ales eersch hinedrii.»

Dèè lüügt, dèè au, aber de lütnand känt en zwenig, als das er em chönt en hiiwiis abzwinge.

De ‹Toppellauff› isch de letscht, won er tänkt, das er öppis chönt wüsse. Dèm säit me naa i de «szeene», er schaffi uusschliesslich mit ere toppellòiffige pischtole, drum der übername. Er pflägt siin rueff. Aber e toppelpischtole hät me nie gfunde biin em. Au èèr chunt di gliich fraag gschtelt über.

«Am telifoon mach i nöd emal me es rãdéwu ab! Chasch aber i s ‹Alt-Züri› choo, hützaabig, hinderen iigang, grad rächts. Vilicht bin i ja deet.»

★

Wo de lütnand us em achter schtiigt a de haltschtell Schtockerschtraass, gseed er wisewii wider de Filemu Moni sitze, de ‹Tages-Aazäiger› vor sich, s händi uf em tisch und e lèèrs pier.

I de versicherig waartet d Schanin Wèètli uf en. «Wie isch d laag bin öi?» frȍȍget er si.

«Uveränderet. Von öis uus eener entschpant. Si händ mer s zwaar verbotte, aber ich ha den eltere gliich zuegflüschteret, was gschpilt wìirt.»

Hüt hät d Schanin e goldigs hals·chetteli aa und en diamantring a de rächte hand. D Täitäi gsèèch em de wèrt sofort aa, au wänn si sälber fasch nie so öppis träit.

«Händ Si chöne rede mit Irne polineesier, mit Irem wächter, wo wider wisewii sitzt im kafi?»

«Si chömed vo Eromanga. Ires probleem isch, das s uf irne paar insle i de minderhäit sind, zwaar d uuriiwooner, aber iez überfremdet vo chineese, inder, öiropèèer und wietnameese. Und die befelid iez. Ich ha der iidruck ghaa, er seg froo, das er s chönn looswèèrde.»

«Mee uussländer als inländer – das cha probleem gèè», macht der Ääschme maliziöös.

«Das seg doch nöd öisers probleem, hämer em gsäit. Also dèm, wo tüütsch redt, di andere sind um öis ume gschtande, der äint hät den andere d underhaltig übersetzt. Öis gaad öies inseli nüüt aa, hät de vatter widerholt.»

«Iez scho!»

«Gseend ìir dänn nööd, han i gsäit, das ìir s gliich mached mit öis, wien öii ussländer mit öi?»

«De wortfüerer hät d achsle zuckt und gsäit: Zum rächt überchoo mues men i denaa ziiten urächt tue. Sini drei koleege händ heftig ggnickt, won er ne s übersetzt ghaa hät.»

«Si mäined au, das es im grund ggnaa fridlechi lüüt sind? Gseen i das richtig?»

D Schanin beschtèètiget s: «Si sind usicher. Das falt mer etz eerscht rächt uuf. Ich glaub, si waarted uf nöii inschtrukzioone. Si telifoniered allpott. Au wä me nüüt verschtaat, nach em toonfall verlanged s nöii wiisige und chömed ekäi über.»

«Scho klaar: si wüssed, das si di faltsche Wèètli vertwütscht händ und überlegged, öb si de ggu[1] söled widerhole z Hèrlibèèrg obe – oder nööd. Dänn wèèrded s aanèè, das d polizei underdessen öppis ggmèrkt heb. Und wääged iri schãssen aab. Und waas mached s mit öi? Mitnèè? Äifach us de wonig uuszie. Äigetli sind er ja wèrtloos. Uusggnaa – verschrecked Si nöd – als gäisle.»

«Ich trou ne s nöd rächt zue, trotz irne waffe.»

«Übrigens: händ Si na mee gsee als das maschineggweer und die pischtole und d handgranaate? Wivil handgranaate?»

«Jede häd öppe sächs am gùùrt. Ich han imer angscht, das äine phange bliib mit eme ring.»

«Moorn isch samschtig. Da chund öien unggle Häiri Ääschmen uf psuech. Dänn red i mit em Filemu. Soo, wie Si d laag schildered, glaub i, gaat das. Ich chum eläi. Na öppis: mine lüüt han i order ggèè, das s uf kän fall schüüssed, wän ììr i gfaar chiemted.»

★

De bank näbet em hinderen iigang i s ‹Alt-Züri› isch ggmacht für lüüt mit chùùrzen oberschänkel. Der Ääschme mues sini bäi schrèèg aneschtele. S gaat gäg di zäni; de ‹Toppellauff› gaat blos znacht zum huus use. D bäiz isch gschtunggetvole, wien imer am

---

[1] *coup*

friitigaabig: da schpilt de pianischt, hüt de Ruedi Schwaarz, und d sänger um de rund tisch ume singed äin um der ander. Me gseet de Röbi, de pangsioniert Èèrnscht, wo nöd singt und imer am runde tisch sitzt, der Artuuro isch verteckt hinder em pfiiler, d Kariina sitzt mit em rugge gäge d baar. D Greetel Schtäiner sitzt uf irem ggwoonte platz, grad näbet em vorderen iigang. Di mäischte händ scho ggässe, epaar händ sicher scho gsunge, vor der Ääschme choo isch, und all waartet, bis der Artuuro oder susch äine vo de sänger em pianischt es zäiche git. De Ruedi Schwaarz schpilt d musig us «Boni und Kläid»,[1] wo de ‹Toppellauff› inewütscht und ooni s ggringscht ggrüüschli näbet de lütnand anehocket.

Wän öppert singt, tö̀örff me käs wörtli säge, me wǜür abezischt. So müend s iri underhaltig verschiebe. Iez isch der Artuuro draa mit sinere schtimm, wo de ruum fasch schprängt, wo me sicher au verusse ghöört: «Weeeni sul mar».[2] Wil grad d Kariina aaschlüüsst, müend s namaal waarte. «Warum soll äine frau käin verhèltnis haben», singt si, und mit eme schlaager vo de Zaara Leander faart si wiiter: «Nuur nicht aus liibe wainen».[3] Imer na git s kä rue: De Röbi faltet siis berüempt blatt usenand, berüempt wäge de fälz, de sit zää jaar dureggwetzte fälz, und dänn schtiigt siis ebefalls berüempt «Äi did it määäi weeei».[4]

All singed hinderenand, der Ääschme cha nöd rede mit siim gascht, und de ‹Toppellauff› isch uruig, wil er scho fasch e halbschtund uf em gliiche platz hocket; lang haltet er s nienet uus, wil s em z gfö̀örlich schiint für in. Iez, i de phause, chan en de lütnand frö̀öge, wèèr zur ziit z Züri en uuftraag heb, en uuftraag, wo gglofe seg.

«Singed all sit zwänzg jaar imer de gliich säich», säit de ‹Toppellauff›.

---

[1] *Bonnie und Clyde*
[2] *Veni sul mar*
[3] *Nur nicht aus Liebe weinen*
[4] *I did it my way*

Der Ääschme winkt ufrüntli ab und widerholt sini fraag.

«Käi aanig.» De ‹Toppellauff› lueget der Ääschmen aa über siis glesli öpfler, graad i d auge. Was nüüt nützt: er cha nöd uschuldig driiluege.

«Dini aanig chasch mer sicher echli uustüütsche», insischtiert drum de lütnand. Er pschtelt em en zwäiten öpfler.

«Was chan en chliine schelm wien iich scho wüsse! Ich bi nümen im gschäft. Das wäisch doch.»

De lütnand lachet en uus: «Liebe chliine schelm, klaar wäiss ich das. Drum säisch mer s etz au.» Er macht e handbewegig, er söll d uuskumft bringe.

«Guet», ruckt er äntli use, «a diinere schtell wǜǜr i emal bim ‹Newaada-Tschon› luege.» Chuum häd er s gsäit, lèèrt er siin zwäiten öpfler abe und verschwindt.

Der Ääschme bliibt, pschtelt en ggalwa naa. Loset de Greetel ires lied «Im praater blüün wiiider di boooime»;[1] druuf gaad au sii. Und phunkt elfi singt de chälner Wèrner, won äigetli ja de scheff vom ‹Alt-Züri› isch, «ʒö nö rögrètt riẽ.»[2] Won er s lokaal iiladt, zum de röffrĩ[3] mitsinge, macht ales mit: «ʒö nö rögrètt riẽ.» Näi, mer hät kä grund zum sich für öppis ggröiig sii. Drum namal de röffrĩ zum letschte vèèrs: «Nõõõ – ʒö nö rögrètt riẽ.»

---

[1] *Im Prater blüh'n wieder die Bäume*

[2] *Je ne regrette rien*

[3] *Refrain*

5 Us em «unggle Häiri» siim psuech wìirt nüüt, wil sich mächtigeri kaliiber iischalted. Abgsee vo psüech, verhaftigen und telifoon.

Öb de ‹Toppellauff› i de nacht de ‹Newaada-Tschon› ggwaarnet hät? Wien i jedere brãsche käned sich die pischtoleero doch all, ganz psunders i soneren chliinen und übersichtliche brãsche.

Der Ääschmen isch kän umäntsch: er gaat nöd am sächsi scho zum ‹Newaada-Tschon›; am nüüni langet. A dèm samschtigmoorgen am sibni list er de ‹Tagi› und schänkt de verschlaaffne Täitäi kafi naa.

«Öppis passiert?» gäinet si. Wänn s bi ire schpaat wìirt, gaat s am andere taag na lenger, bis si wider zun augen uus gseet und die schprützig Täitäi isch. Der Ääschmen isch vil schtuurer: am sächsi schtaat men uuf, am sibni isch men a der aarbet, nach em alte zwingliaanische schpruch: «Wèr cha suuffe, chan au schaffe.» Das häisst, s suuffe mues men abzie, das isch nöd zwingliaanisch.

«Segsch im ‹Alt-Züri› gsii mit eme luusche tipp, häd äine gsäit im ... – ich wäiss ä nüme woo.»

«Dienschtlich», mèrkt der Ääschmen aa.

«Wä me mit dìir dur s Döörffli durelaufft, gseesch du luuter dienschtlechi chunde», si gäinet und lachet gliichziitig. Si hät probiert, epaar tittel i de ziitig z läse, aber s isch z früe für sii. «Isch öppis passiert?»

«Näi, imer nanig.» Mit de Täitäi isch nüüt aazfangen um die ziit. Si hät vergässe, das si das scho maal gfrö̀öget hät und regischtriert d antwort namaal nööd. Git s es gschpann im Döörffli, wo na weniger zämepasst als sii zwäi? Git s e sèttigs gschpann, wo lenger zämeläbt als sii zwäi? Und lenger schtriitet und sich wider verträit? Werum funkzioniert das? Uf en aart chan er sich heben an ere, au ganz wörtlich. Früener, wo si amig na für zwoo, drei wuche verschwunden isch, isch er imer in es riseloch inegheit und hett fasch sogaar pättet, das si zruggchömm – wän er gglaubt hett, s nützi.

★

Phunkt nüüni truckt de lütnand uf de chnopf näbet em schildli, wo kän name schtaat druff, blos «A.», A wie Amsler, wie Älex Ämsler. Das «A.» langet für di mee als sältne psuecher. Me gaat nie zuen em häi; chunde passed em ‹Newaada-Tschon› ab i de baaren und bäize, wo mer ne gsäit hät, im vertroue, daa oder deet chönt mer en ewentuell träffe.

Me chan en nöd verfèèle. D abitüee[1] vom Döörffli käned en sowisoo. De ‹Newaada-Tschon› isch en gschniglete hèr i de beschte jaar, imer tadelloosen aazùùg, schilé, wiisses sidehämp, rooti flüüge, hinderegschtrèèleti haar mit schwanz hinenabe, zwäifärbegi schue, ring a vier finger vo de rächte hand, kä ring a de lingge hand. Er isch linggshänder. Eerschtchunde händ s rächt schwèèr mit em: da schtriitet er ales ab, das er aarbetsloos seg, das er schaffi, das er em metzger Zgraggen fläisch verträägi, sogaar das er etz daa a dère baar schtöchi und ‹glenfidich› trinki. Und en ‹Newaada-Tschon›? – kän hoochschii, wèr das chönt sii.

De lütnand macht s ganz ofiziell und hebet em siin uuswiis nòòch a d nase ane: «Für de fall, das mi vergässe häsch, ich bi der Ääschme vo de gruppe mord und toodschlaag. Und han epaar indiskreeti fraage.»

Für de ‹Newaada› – soo tòòrff em nu säge, wèm er s uusträckli erlaubt hät – für de ‹Newaada› isch samschtig am nüüni tunkelschwaarzi nacht. Verchrugelet lueget er us siim elegante grüene pischama use, sini schaarffen auge sind nanig uusggribe, di aaggraute haar nanig zum ene schwanz punde, und er bettelet unaaggnèèm.

«Chan i inechoo?» säit der Ääschme, wo der ander kän wank macht und truckt de ‹Newaada› i d wonig zrugg. «Legg der öppis aa, das mer aaschtändig chönd rede mitenand.»

---

[1] *habitués*

Nach föif minuute chund er in eren elegante robdöschãmbr[1] us em schlaaffzimer vo sinere zwäizimerwonig zrugg. D auge lueged etz klaar, d haar sind zämepunde. Vo voorne gliicht er äim vo de beede plitzten i de garaasch a de Luchswiseschtraass. Tumm, häd der Ääschme de fotiuustruck nöd daa. Das hett em sölen uuffale. Aber sis phèrsoonegedèèchnis isch nöd daas vom ene faander.

«Das mues öppis chäibe wichtigs sii, das di am ene samschtig i miis schlicht apaartment verfüegsch.»

«Liebe ‹Newaada›, geschter han i probiert, s probleem phèr telifoon z lööse mit der. Bisch useggruckt mit nüütem. Vilicht häsch ja schiss, me losi di ab, wottsch es lieber under vier auge säge, ooni züüge?»

«Ich ha nüüt z säge.»

«Wänn d echli tüüffer une luegsch i diim gedèèchnis, deet wo di bööse gedanke woned, suech emal d iitrèèg under kontrakt.» Er waartet e bitzli, bis er naaschtoosst: «Bisch fündig woorde?»

«Du mäinsch, ìich heb en kontrakt? Z Züri? Vo wèm dänn? Gäge wèèr?»

Au de ‹Newaada› hät definitiiv käs gsicht, wo ggäignet isch zum lüüge.

«Nimm diin grips zäme. Tänk an en zueträäger, ewentuell en uzueverlèèssige, äine wo für d gägesiite schaffet.»

«Aber, Ääschme, du känsch mich doch.» Äine, won uf befeel cha sini trèène la flüüsse.

«Ebe, das isch diis päch.» Debii känt er en nu schlächt, vor alem us siim ticke dossiee, wo hüt weniger me dossiee sind als kompjuuterfäil.[2] «Wottsch en rächtsaawalt hole?»

«Bruucht en uschuldigen en rächtsbiischtand?»

Das isch en zèèche pùùrsch. «Bisch sälber tschuld: iez mues i de schpuuresicherig aalüüte.» Er ziet s händi füre.

---

[1] *robe de chambre*

[2] *computerfiles*

Vor der Ääschme d chùùrznumere truckt hät, chunt de ‹Newaada› mit ere pischtole, der aaggmäldete.

Der Ääschme schmöckt draa: «Mit dère häsch sit wuche nüme gschosse. Wo häsch di ander?»

«Weli ander?»

«Die, wo d schaffsch mit ere.»

Sicher hät mer em scho vor em aafang vo sinere ggarièère ggraate, er söl äifach ales emaal abschtriite, d gägesiite mües em s hinderscht und letscht delikt naawiise, zuegèè söl er blos, wo s em en triftige bewiis aneleggid, und au daas eersch nach echli säilizie.

Won iez de lütnand s händi wider füreziet und d eggippe Füessli alarmiert, macht sich der ander kafi und büütet au em lütnand e tassen aa.

«Äntli en gschiiden oort zum schaffe», grüesst de Füessli, «en lift bis zum taatoort. Was mues i mache?»

Der Ääschmen entschuldiget sich, das er de suechtrupp am samschtig uufbüüti. «Ich nim aa, das der erfolg öi drüber ewèggtrööschtet.» Underdesse sind d erchänigsdienschtler mit irne ggrèèt choo.

De chlii Füessli hät siin buuch gschnäll dur d zwäi-zimer-wonig dureträit: «Das isch überblickbaar. Was mues i finde?»

«Mit ere 7,65-milimeeter-pischtole wèèr mer tienet, womögli frisch abgschosse. Und wänn d na es zädeli fèèndsch mit näme druff, en agända mit telifoonnumere – das wèèr en tessèèr mit gschwungnem nidel.»

«Er händ s ghöört, also a d aarbet!» Em Füessli sini mane händ mitggloset.

«Wie wèèr s mit ere brüederliche zämenaarbet, ‹Newaada›?» probiert der Ääschme namaal, «ich chönt s i miin pricht uufnèè.»

Der Älex Ämsler trület sich um am chuchitisch und schänkt sich e nöii tasse kafi ii.

«Gfunde!» rüefft de Füessli nach ere halbschtund und bringt em Ääschmen e PPK 7,65.

«So äini suech i. Wo isch si gsii?»

«Im büechergschtell im en uusghöölte buech. Frisch und suuber putzt. Aber si hät zùùg, wo mer vilicht käned.»

«Häsch es notiert?» säit de Füessli zu äim, won er i de letschte ziit imer bii sich hät mit eme noutbuk.[1] Das isch praktisch: me chan am änd vo der dursuechig grad en prowisooresche rapport mitnèè.

«Ja, ‹Newaada›, etz muesch d händ uf de rugge hebe.» Der Ääschme hät nie handschäle bi siich und en koleeg vo de schpuuresicherig mues em uushälffe. «Hettsch namal d gglägehäit zum öppis säge.»

De ‹Newaada› schwiget schtuur und lueget a d tecki ufe.

«Dänn bätt i der abe, was der mues abebätte», säit der Ääschme, «bisch voorlòiffig feschtggnaa wäg em verdaacht, das d uf de Ralf Öttiker gschosse häsch, tòòrffsch d uussaag verwäigere, tòòrffsch en aawalt hole, tòòrffsch d verhaftig dine nòòchschten aaghöörige mälde, und pass uuf, was d säisch, mer chönd ales gäge diich bruuche. Häsch das kapiert?»

Der Älex Ämsler alias ‹Newaada-Tschon› underhaltet sich als schtolze westerner nöd mit emen überiifrige schèriff. Er verziet s muul, wo s uf em numereschpäicher vom telifoon blos siin ggwafföör finded, epaar bäize und epaar frauenäme. Er lächlet dräckig, wo s de fraue telifoniered und s ggnau daas sind, wo s mäined; um die ziit gänd blos bändli uuskumft, aber die mit sexi schtime.

«Find öppis relewants!» maanet der Ääschme de Füessli zum zwäite maal.

«Wäisch, was geduld isch, Häiri?» Au daas säit de Füessli zwäi maal, «geduld isch daas, wo diir fèèlt. Für miin lade wèèrsch du uggäignet.»

---

[1] *note book*

De Marschã,[1] em Füessli siin schtellverträtter, nint langi schritt, won er us em schlaaffzimer uf siin scheff und der Ääschme zueränt: «Lueged emaal das buech!» I sine tüne wiisse tokterhäntsche hebet er nen en frässfüerer vo Züri ane, wie wänn s e choschpaars schmuckschtuck wèèr. «Isch ganz uschuldig und unuuffelig im büechergschtell gschtande.» Er bletteret hinen uuf und zäiget uf s hinder voorsatzblatt, won uf der inesiite buechschtaben und zaale schtönd.

De lütnand isch begäischteret: «Das isch ggnau daas, won er händ müese finde.» Er lueget de ‹Newaada-Tschon› aa. Dèè probiert es pookergsicht z mache.

Der Ääschme findt d liischte nützlich für d undersuechig und e kataschtrooffe für di undersuechte. Us guet eme totzet ziile schtäched em G und e numeren i s aug, W und e numere, Ö und e numere. Er probiert d numere bim G, schickt na s 043 veruus – und häd öppert ubekanter am anderen änd. De ‹Newaada-Tschon› grinst. Dänn der ander wääg ume: 043 und d numere vo hinen iitippet. Der Ääschme hebet s händi em Füessli a s oor: «Ghöörsch?» S isch s bändli vo der aawaltskanzlei Güürps. D numere näbet em H ghöört em rächtsaawalt Hasler, T em rächtsaawalt Tütsch, bäides alti bekanti vom Ääschme. Bim SG mäldet sich en Spiidi; er hänkt grad wider uuf; au dèè entschlüsslet er na.

«Iez hämer öi», chündt de lütnand em ‹Newaada› aa. «Mer reded na uusfüerlich mitenand. Abfüere!»

Der schtaatsaawalt Chlotz sitzt scho im Ääschme siim büro, won er a d Züüghuusschtraass chunt. Si händ scho lengeri ziit nüme gschaffet mitenand.

Der Ääschmen oriäntiert en, was er bim Äxel Ämsler alias ‹Newaada-Tschon› gfunde hät, nämli e PPK 7,65 und es buech mit telifoonnumere.

---

[1] *Marchand*

«Das isch s kaliiber, wo me bim Fischer gfunde hät?» laat sich de Chlotz beschtèètige.

«Und im Öttiker. De psitzer vo de pischtole isch is als träffsichere schütz bekant mit eme kiloschwèère dossiee. D waffe liit zum vergliich bi de schpuuresicherig. Bim ‹Newaada› hämer en frässfüerer gfunde mit telifoonnumere dine. Und iez chunt d überraschig: äini devoo ghöört em Gṻürps und en anderi em Wèètli.»

«Das chönt häiss wèèrde», mäint de Chlotz.

«Das chönt nöd, Ruedi, das wiirt häiss, süttighäiss. Wie wiit bisch im bild über die beede? Si sind ussert jurischte au na waffen- und troogehändler. Ich ha mer daa emal en inofiziells dossiee über de Gṻürps psoorget, wo d bim Burkert müestisch aafordere.»

«Gang ich richtig i der aanaam, das i sött de Gṻürps und de Wèètli feschtsetze?»

«Ggnau.»

«Verthebet de wääg vom Fischer über de ‹Newaada› zum Gṻürps und zum Wèètli?»

«Epaar chliinikäite fèèled scho na.»

«Groossi chliinikäite?»

«De vergliich vo de gschooss han i natüürli nanig. Was men underdesse wäiss: me hät mit de gliiche pischtolen uf der Öttiker und uf de Fischer gschosse. De ‹Newaada› isch äine vo den autofaarer i de garaasch a de Luchswiseschtraass. D verbindig vom ‹Newaada› zum Gṻürps und zum Wèètli han i über d telifoonliischte. De Wèètli liferet waffen uf Eromanga, uf umwääg.»

«Eromanga, was isch daas wider?»

«Opposizioneli Eromangaaner händ sich bi s Wèètlis a de Segantiinischtraass iiggnischtet. Tumerwiis – oder glücklicherwiis – bi de faltsche Wèètli.» Er setzt setz en i s bild, wien er zum fall mit dènen eromangaaner choo isch.

«Dini fäll händ amel au na en gwüssnen underhaltigswèrt», findt de Chlotz, «ich bruuch aber konkreets.»

«Häsch du hämige?»

«Mich inträssiered nu bewiis. Mir wüüred nöd emal d fabrikazioonsnumere vo de panzer lange.» De Chlotz lachet.

«Risggiersch es?»

De Ruedi Chlotz hät mitzäichnet uf eme blatt, was der Ääschme verzelt hät. Mit em zäigfinger faart er de verbindige naa, vo schtrichmändli zu schtrichmändli. S isch ekä komplizierts bild. Er lueget em lütnand i s gsicht, schüttlet dänn de chopf. «Mer chömed nöd dure. E voorladig uf hüt zmittaag underschriib i. En haftbefeel wèèr z vil. Ussert – bringsch mer s gschtäntnis vom ‹Newaada›, das en der äint oder der ander zu äim oder zu zwee vo dène mörd aagschtiftet hät.»

«Das han i nanig. Aber ich chumm s über.»

«Bi dène beede hère chömer daas nöd mache; di sind z gfinklet. Chumm, mer laded s voor. Das verusicheret s emaal.»

«Dänn halt», git der Ääschme naa, ugèèrn. Aber de schtaatsaawalt hät rächt. Läider. Der Ääschme truckt zwoo voorladigen uus, und de Chlotz underschriibt s.

«Was uf diim diagramm na fèèlt, isch der SG, uusgschribe ‹Spiidi Gonsaales› und de jung mitsubischifaarer, wo mer nanig gfunde händ bis etz.»

«Und di psetzte Wèètlis seged e verwächslig, säisch?»

«Häsch rächt ghöört.»

Mit ggnuss ässed s zmittaag im ‹Riifälderhoof› näbetzue, bradwùùrscht mit rööschti, bäides schwaarz. Bim ‹Schiiterbèrger› halted si sich zrugg: si müend de chopf binenandhaa für zmittaag. Si lösed d hère waarte, finded s, en ggalwados lang. De Chlotz e sigare lang.

Iri bööswilikäit isch aber vergäbe gsii. Wo s e halbschtund zschpaat i s büro zruggchömed, isch na niemert daa. Uf em pult liid en zädel, das d hèren echli schpòòter chömid.

D hère Gụ̀ürps und Wèètli händ abggmacht, das si mitenand chömid; das mèrkt me. Si bringed iri rächtsaawält mit, de tokter Hasler und de tokter Tütsch.

Di beede jurischte bitted grad de tokter Chlotz in gang use, chömed aber glii wider rötuur, uzfride.

Di beede jurischte verwaared sich zeersch gäge d voorladig, wo de gschäftstèètikäit vo irne mandante, wänn s uus·chömm, ggwaltig schadi. Si hetted au gschiiders z tue, als uf fraagen antworte.

Drum findi die underhaltig ja au am samschtig schtatt, säit der Ääschme, das bringi niemertem sini agända durenand.

De tokter Hasler schtelt sich d fraag, öb d voorladig öppis chönt z tue haa mit eme früendrige – er suecht s wort – wìrbel – und korigiert grad uf – gscheenis zwüschet de hère Gụ̀ürps und Ääschme.

De Chlotz rebliziert, er chöni glaubhaft versichere, das es sich um en ganz en nöie fall handli.

Mit anderne wörter, im sinn gliich, schtelt sich de tokter Tütsch di tupfetgliich fraag über d hère Wèètli und Ääschme.

Wider git de Chlotz d antwort und erkundiget sich, öb me söll zur sach choo.

Zeersch chunt d liferig vo panzer uf Eromanga zur schpraach, was de Wèètli aagaat. Uusrangschierti liechti maschineggweer sind ebefalls z Eromanga uuftaucht, ggliferet vom Gụ̀ürps. Wänn s sötted rede, lueged s iri rächtsaawält aa, wo dänn mit liechtikäit chönd erchlèère, das d wääg nöd vom armeeliquidazioonsoort i de Schwiiz diräkt an pschtimigsoort göng, sondern das me – me! – nöd ggwalt heb uf die dischtanze, das ales richtig lauff. Aber d hère Gụ̀ürps und Wèètli hebed all voorcheerige troffe, wo me chönn verlange von ene. D uusfuer seg rächtens, sii, d jurischte, hebed schliessli d verträäg abgschlosse und daas i akkuraater form.

De tokter Hasler bletteret nèrvöös i akte, biiget s um und um, lueget zu siim koleeg übere. Was häd er? Töderlet er d unterhaltig use?

«Ir sind z früe!» brüelet der Ääschme zwee polizischten aa, wo wänd de ‹Newaada› bringe, brüelet aber eersch, wo s scho im büro ine schtönd. De Gǜürps und de Wèètli händ de ‹Newaada› tüütli gsee. Das händ s ja au söle. De ‹Newaada› häd überrascht driigglueget; de Gǜürps und de Wèètli händ pookergsichter ggmacht.

«Wèr isch daas?» frö̀öget de tokter Hasler.

De Chlotz und der Ääschme lueged zum Gǜürps übere, wie wänn dèè d antwort wüsst.

«En pischtolemaa», säit schliessli der Ääschme, «en pischtolemaa, won i hüt am moorgen aagfange han usenandnèè und wiiterfaar, sobald mììr fèrtig sind mitenand.» Der Ääschme fixiert imer na em Gǜürps sini auge, won er das säit.

Us em Burkert sinen akte frö̀öget druuf de Chlotz nach epaar zalige, won em udurchsichtig schiinid.

De tokter Tütsch wett d hèèrkumft vo de zaale wüsse; uf legaalem wääg heb er s sicher nöd überchoo.

In inträssierid blos d zalige, de grund, d zalige für waas, git de Chlotz zrugg.

Öb das häissi, das er iisicht i d gschäftsbüecher vom hèr tokter Gǜürps verlangi.

Wän er nu über d iisicht i d büecher zu sine käntnis chönn choo, häissi s das taatsächli.

De tokter Tütsch verwaart sich mit eme lengere sèrmoon gäge das aasine – da schtǜürmed, ooni aachlopfe, drei hèren ine, wiised sich als mitglider vom Militèèrische Sicherhäits-Dienscht uus mit chèèrtli im diskreete kreditchaarteformaat. De tokter Hasler schnuufet uuf. Èèr also ...

«Sit wänn schaffed ìır am samschtig?» Mit dèm fuule schpruuch probiert der Ääschme sini usicherhäit z vertecke. Zwee vo de hère schteled sich wie schildwachen uuf i de tǜür.

«Weḷe isch de her dokter Gǜürps?» erkundiget sich de Ramsäier, nach siim chèèrtli isch er schtaatsekretèèr.

De Gǜürps schtaad uuf, bevor er «Ìich!» säit.

«Dä sit Dììr de her dokter Wetli?» De Ramsäier zäiget uf de richtig. «D sitzung isch gschlosse. Dììr beide chönnet mit üs choo. U Dììr zwe ghööret na vo üs.» De letscht satz gilt em schtaatsaawalt und em lütnand.

«Verhaftet simer glaub nanig», schpöttlet der Ääschme nachane, «hämer die überhaupt müese la gaa?»

«Bundesrächt bricht kantoonsrächt, schiint mer. – Militèèrische Sicherhäits-Dienscht – häsch du scho jee vo dèm ghöört?»

«Das isch en aart e superpolizei vom Bund, aber soo ghäim, das s tänk nöd emal sälber wüssed, wèèr s sind», schpottet de lütnand.

S chlopfet, d tùùr gaat wider wiit uuf, d scheffin chunt ine: «Sind d lüüt vom MSD scho wider wègg?»

«Schaffed dänn hüt all am samschtig?» gheit s em Ääschmen use.

Si säit nöd grüezi. «Ääschme! Sind Si vo allne guete gäischter verlaa. Wie chönd Si eerbaari bürger verhafte?!»

«Wänn riichi waffehändler kä schtüüre zaled, so sind s na lang kä eerbaari bürger.»

Di widerschprüchlich zämeschtelig iritiert d scheffin nu en momänt: «Und Sii, hèr koleega Chlotz, lönd sich iiwickle von em.»

De Chlotz säit ruig: «Reded Si i käntnis vo den underlaage, frau koleegin?» Das isch en iiggwicklete schpitz.

«Am mèèndig gaat de fall Wèètli gliich an Burkert über. Sii halted sich ab sofort drususe!»

«Näi, frau tokter Caliander», griifft der schtaatsaawalt ii, «das isch au miin fall, und dèè zien i dure mit em Ääschme.»

«Das chönd Si nöd mache! Si käned doch de hèr Ääschme, dèè gaat mit em chopf dur d wand!»

«Das mues me mängmaal. Eerlich, frau koleegin, mììr all wüssed, das weder de Gùùrps na de Wèètli e suuberi weste händ.»

Das isch zvil für sii. Mit eme schaarffe «Mer gseend is am mèèndig!» ziet si sich zrugg.

«Hät töönt wie ‹Mer gseend is wider bi Filippi›», de Chlotz lachet.

«Soo hät s s ‹chrischchindli› ä ggmäint.»

«Was! ‹Chrischchindli› säged er re? Werum?»

Das chön er em nu bim ene halbe rooten erchlèère, phauptet der Ääschme; soo gönd s e zwäits mal hüt in ‹Riifälderhoof› übere.

Das isch au guet zum tampf ablaa. Wèèr häd em schtaatsekretèèr Ramsäier ggrueffe?

De Chlotz tippet uf de Hasler; dèè heb uufgschnuufet und ggwüsst, das öppert chömi vo Bèèrn.

D scheffin heb scho am midwuch vom MSD ggredt, mäint der Ääschme. «Ggwööndli chund imer de Füürscht i sèttige fäll; wänn s iez en schtaatsekretèèr abkomandiered, mues es nòimet a s läbig gaa z Bèèrn. De Füürscht taucht sicher ä na uuf; dèè isch für d dräckaarbet zueschtändig vo der Äiggnosseschaft.»

★

Uf em häiwääg isch na hell, wie s im juni nach de nüüne cha sii. D äinzelhäite vom gschpròòch mit em Ruedi Chlotz sind em Ääschme beräits hinenabeggrutscht i s halbvergässe vom chliihìirni, mit hilff vom wii eener hinenabegschliferet. I de Siilporte weckt en siis händi.

«Rucksichtsloos», macht er, won er scho abggnaa hät.

«Was isch loos, Häiri, bisch schlächt uufggläit?»

Wèr söll daas sii? Er känt d schtimm und cha si nienet anetue. S mues am ‹Schiiterbèrger› ligge?

«Bisch daa, Häiri? Daa isch de Tiino vom ‹Blick›. Bruuch wider emaal en tipp vo dìir.»

«Waas siechs brousch wider zäme? Bisch a der ultimatiive schtori vo dinere ggarièère?»

De Tiino Schtèèli gaat nöd drufii: «Ìir händ doch e psetzig z Höngg.»

«Schtèèrnesiech, wo häsch daas wider hèèr? Da isch überhaupt nüüt loos z Höngg, verschtande!»

«Isch ja guet, Häiri. Wohèèr chömed die psetzer? Isch es poliitisch oder kriminell? Was sind d forderige? Was händ er scho undernaa? En mannschaftswage schtaat ja paraad.»

Was die scho wider wüssed! De lütnand vertwachet us siim aaggnèème schiiterbèrgerhalbdusel und rüert de chopf hiin und hèèr, wie zum der alkohool useschüttle. Was wenig nützt. «Tiino, bis fridlich. Ich säg der s im vertroue. Ich zell uf diis verantwortigsgfüül. Bring nüüt vor em änd vo dère huuspsetzig. Wä mer s nöd chönd under de hand regle, i aler güeti, so cha s schieff usechoo. Und das isch nöd emal di bescht vo dine beschte schtori wèrt. Iiverschtande?» Er heb das, findt er, – mit berucksichtigung vo siim zueschtand – na guet gsäit.

«Wie säg ich daas ame scheff, wo ggiggerig isch uf sänsazioonen und sini ziitig mues verchauffe?»

«Bruuchsch ja diin schiisspricht eersch am mèèndig ...»

«Moorn, Häiri, moorn.»

«Ich cha kä präss bruuche, wo mer ales versouet. Also phalt s für diich, tue s bissoguet usetöderle. Vilicht isch ja moorn scho ales dure. Dänn chömer wider rede mitenand.»

«Verschpräche cha der nüüt. Ich mach, was i cha. Aber duu versoorgsch mi defüür mit njuus.»

★

Ganz verreckt wiirt s zaabig, wo der Ääschmen und d Täitäi «Zää vor zää» lueged, d naachrichtesändig. Für en uusgang isch es zschpaat gsii. Der Ääschme isch dezueane verruckt über siich und über de Tiino Schtèèli und über siis watterloo vo hüt zmittaag. Die sieche vom MSD händ em siin fang us de hand ggrisse.

D naachrichte bringed en pricht über s psetzt huus a de Segantiinischtraass 61 z Höngg. Me gseet schätte hinder de fäischter vo de wonig im eerschte schtock. De Chündig vom überfallwage lèènet es interwjuu ab, was de schurnalischt mit ere schpitzige bemèrkig komentiert. D mitbewooner vom huus wüssid au nüüt, wèèrdid im uggwüsse gglaa, moniert de fèèrnseemaa. Der Ääschme rüefft grausam uus, d Täitäi chan en nöd beruige, fròit sich wider halbe, wo de pricht hinder de psetzig nazionalischte us Polineesie vermuetet und als hindergrund ilegaali waffegschäft. D portrè vo de hère Gùürps und Wèètli wèèrded iipländet, und mit eme süffige sätzli über der ertraag vo sèttige gschäft schlüüsst de report mit de bilder vo de beeden irne hèrschaftswilene.

«Brawo!» èrgeret sich der Ääschme, «iez lifered di tume siechen em Filemu Moni sini nòòchschte zìil frei huus. Hoffetli lueged s fèèrnsee!» Er gumpet uuf und ränt zum telifoon, mèrkt, das er gaar kä numere hät vom fèèrnsee, fluechet, suecht und findt si im teletägscht. «Wèèr hät dè pricht über die huuspsetzig ggmacht?! Holed s mer dèè sofort a s telifoon! Hät dèè käs hìirni im chopf?!» rüefft er i äinere verrückti.

D telefonischtin isch sich ggwöönt an umgang mit uufggregte zueschauer und verlangt siin name.

«Daa isch der Ääschme, gopfertami, de polizeilütnand Häiri Ääschme vo de Kapo, ich füer d undersuechig vo dère huere psetzig. Verbinded Si mi äntli mit dèm verfasser!»

«Dèè isch natüürli nöd im huus; dèè hät siin pricht gschnitten und abggèè und isch ggange.» D telefonischtin bliibt ruig.

«Dänn mit dèm siin scheff, oder mit em scheff vo de tagesschau.» Zeersch hett er söle de king Tschòòrtsch kontaktiere, de prässemaa vo de polizei, chund em in sinn, won er uf d verbindig waartet.

De scheff vo de tagesschau schwätzt uusgibig vo imformazioonspflicht und imformazioonsrächt, vo de renitänz vo de polizei, au nu es häppli usezgèè ...

Der Ääschmen underbricht en: «Was sind epaar mäntscheläbe für öi gägen en gäile pricht!» Dänn hänkt er em uuf.

6 Der èrger gaat wiiter. En sundigschpaziergang uf Höngg. Und vom ächte chrischchindli.

Vom letschten absatz uus im schtägehuus gseet der Ääschme de tittel uf de ‹Sundig-Ziitig›, wo zum briefchaschten uselampet: «Zürcher ghäimpolizei!» Über zwoo ziilen ine! Schtändlige list er der artikel im huusgang. Was die schurni ales usegfunde händ! Hinder de psetzer vom huus a de Segantiinischtraass schtöch en opposizioneli gruppierig vo Eromanga. Die grupppierig wèèrdi dunephalte vo de regierig, wo di letschte waale gfeltscht heb. D Schwiiz liferi dère regierig waffe, konkreet alti panzer und alti maschineggweer, nöd diräkt, das wèèr gäge s waffenuusfuerverbott, aber indiräkt über mittelsmane, drunder di altbekante tr. Karl H. Gu̇ürps und tr. Wèrner Wèètli. Beed sind abpildet jee mit de superchüürze legände «waffehändler Gu̇ürps» und «waffehändler Wèètli».

«Soo, ìir waffenängel, iez händ er aarbet für öii rächtsaawält!» chnuret der Ääschme. Er mag ne s gune. S probleem sind etz d huuspsetzer. Sind s so fridli, wie s d Schanin Wèètli gschilderet hät. Chömed s iez i zu̇ügzwang?

Er hät grad na de ziit zum de Täitäi d ziitig anezlegge und de kafi iizschänke. Dänn schälet s.

«Lisisch ä ziitige?» frȯȯget de king Tschoortsch, de prässeschprächer vo de polizei.

«Was chan ìich für tumi schurnalischte?!» schtaat de lütnand grad uf d hinderbäi.

«Werum wäiss ich nüüt devoo? Nie gisch mer nüüt dure. Du gfȯȯrdisch mini guete verbindige zu de präss.»

«Bi miine verbindige cha s tooti gèè, bi diine nööd.»

«Ich wäiss tänk scho, was i tȯȯrff usegèè und waas nööd. Und dänn git s na schperrfrischte und imformazioone, wo nöd für di bräit öffentlichkäit tänkt sind. Das cha men ales regle.»

«Los, Tschoortsch, d überträägig vo gäislenaamen im fèèrnsee sind guet für d iischaltquoote und schlächt für d gäisle. Wäisch daas?»

«S git mittelwääg. Das chasch ales beschpräche mit mìır. Für daas bin i doch daa.»

«Mittelwääg zwüschet tood und läbig, he!» regt sich der Ääschmen uuf, «ich wott nöd en uusggwogne tägscht für d präss zämeschtifle, ich mues en fall löösè, für daas bin ìich daa.»

«Mängmaal cha me scho nöd rede mit der. Wänn d en fall under händs häsch, bisch imer verboret.»

«Nöd verboret, verantwortlich für s läbe vo anderne.»

De grã-scheff entschuldiget sich zeersch, das er so früe aalüüti. Aber er wüssi, das er früe uufschtöch. «Händ Si scho d ‹NZZ am Sundig› ggläse?»

«Näi, ich ha de ganz blaascht us de ‹Sundig-Ziitig›.»

De tokter Feisler erkundiget sich, öb das schtimi i dère form, d gäisle, d polineesier, d verhänkig vom Gǜürps und vom Wèètli.

«D röschèrsche schtimed. Mindschtens zum täil händ s us de schublaade chöne schaffe, s materiaal isch täilwiis umegsii, si händ s blos müesen ergänzen und uf de nöischt schtand bringe. Mìich hät niemert aagfrö̀öget und de Schorsch König offebaar au nöd.»

«Das hetted s äigetli müese, bi some häisse theema.»

«Oder grad drum nööd, wil s händ müesen aanèè, das mer im inträssi vom fall verlangid, das si nüüt schriibid drüber. Jedi wott di eerscht sii mit de mäldig.»

«D ziitig schriibt au, Si hebed en ganmèèn[1] verhaftet i dèm zämehang. Schtimt das?»

«S schtimt.»

De regierigsraat Pfischter heb en kontaktiert. Au scho hüt am moorge. «Ewentuell wäiss dèè mee als Sii und ìich.»

---

[1] *gun man*

«Ich sött ekäi vermuetigen usegèè, komendant, aber wie s iez uusgseet, isch es e böösi gschicht. Vom verhaftete gönd verbindige zum Gùùrps, vom Gùùrps zum Wèètli, us de pischtole vom verhaftete sind d schüss vom verschossne koleeg Fischer choo wie die vom hinedrii ermordeten Öttiker.»

«Si händ geschter die beede waffehändler voorgglade? Chùùrzfrischtig? Und die sind taatsächli choo?»

«Wä men e gschprängglets ggwüsse hät ... Aber iez schtönd s ja under em schutz vom MSD.»

«Dèè isch ggmäint! D ziitig schriibt blos waag[1] ‹under em schutz vo hööchschte schtele›. Glaubed Si, Si chömed trotzdèm a s ane? S isch ja wider de Gùùrps.» Ooni zwiifel tänkt er am Ääschme sini abverreckt akzioon z Wiediken usse.

«Wä mi das maal niemert zruggpfiifft ...», säit der Ääschme, «das maal häd er wenigschtens d präss gäge siich.»

«De Karl H. Gùùrps.» Laat sich de grã-scheff de namen uf de zunge vergaa?

«Gùùrps», widerholt der Ääschme, de Gùùrps, das isch siin ghasstischte find, äine vo de wenige, won er verloore hät gägen en. «De Gùùrps chunt scho namal draa», säid er zum oberscht Feisler, «und wänn s mer miin poschten e zwäits maal choscht. Das isch miin grund gsii zum zruggchoo. Susch hetted Si mi nie chöne zrugghole.»

«Hüeted Si sich vor phèrsööndliche gägner, hèr Ääschme. Guet bin i glii dusse.» Me mèrkt, wie froo de grã-scheff isch, das er bald pangsioniert wìirt.

Der Üelinger telifoniert und d Mariisa telifoniert au, öb s müesed choo, si hebed d ziitige ggläse. Der Ääschme säit ne, si söled iri chreft schpaare für de mèèndig.

Und na es telifoon chunt, von ere bekante, vo de frau Äberhart: «Ich ha doch mit Ine telifoniert, gäled Si, Si sind de hèr Ääschme?»

---

[1] *vage*

Chan er daas abschtriite? Näi.

«Das isch nöd aaschtändig vo Ine: Mi̇̀ir verbüütet Si quaasi s muul, und s fèèrnsee proleetet ales luut i d wält use. S nö̀öchsch maal bin i nüme so blööd und gang zum ‹Blick›, dänn chum i na öppis über für mini mäldig. Nu das Si s wüssed! Jawoll!» Und hänkt uuf.

★

Der Ääschme zied en ‹Sundig-Blick› und en ‹NZZ am Sundig› us ere ziitigbox. Der artikel vo der ‹NZZ am Sundig› teckt sich im inhalt mit de ‹Sundig-Ziitig›, de ‹Sundig-Blick› degäge häd ales verpasst. Sini schlaagziile «kunschtskandaal bin ere groossbank» verpufft näbet den andere. Er tö̀örff aber de ‹Blick› nöd furtrüere, d Täitäi wott ires horoskoop läse. Si glaubt nöd draa, aber s isch gliich guet z wüsse, was äim so chönt erwaarte di nö̀öchscht wuche.

Si gönd uf äim vo irne berüempte sundigschpaziergäng, wo der Ääschme au hüt d Täitäi dezuebringt. Si macht sich luschtig drüber, das si tö̀örff als aalibi hèrehebe für e prueffflechi rekognoszierig von irem liebe Häiri Ääschme.

Si sind an Mäierhoofplatz gfaare mit em drizäner, dänn d Gschtäigschtraass duruufggloffe, wil der Ääschmen ugfèèr, aber nöd ggnau wäiss, wo d Segantiinischtraass isch.

S gaat gèèch obsi, wil s de Vogträi vertwütscht händ schtatt d Gschtäigstraass, schtönd aber gliich glii emaal i de Segantiinischtraass. Bim 61i isch, wie bi den andere blöck, d uussicht vo den underschte wonige gäge s Limettaal abe di bescht, öppen ab em eerschte schtock gseet men uf der Üetlibèèrg übere; s partèèr hät blos de nö̀öchscht block vor auge, defüǜr en gaartesitzplatz. Bim 61i mues en d Schanin ergänzt haa mit bö̀im und schtrüücher und büsch und suschtigem grüen. Im eerschte schtock, bi s Wèètlis, sind d voorhäng zoge. Di andere fäischter vom huus sind wiitoffe, zum d sunen inelaa.

Me gseet nüüt susch, won uf d psetzig hiitüütet. Fasch nüüt: zwäierläi figuure schtönd ume: di äinte ghööred zu ziitige, won uf d primöör[1] schpekuliered, di andere zu de polizei, wo s zrugghebed und nöd nòòcher lönd a s huus anegaa. Um der egge, i de gèèche Holbrigschtraass, schtaat der überfallwage. Wiiter zrugg gseet men en reporter vo Tele24 mit sinere kamera, und au um der egge schtaat de fèèrnseewage vom schtaatsfèèrnsee. Polizischten i ziviil wached über s.

De lütnand chlöpflet a d tüür vom überfallwage; me macht em uuf. D polizeimane jassed.

«Häsch kontakt zum maa wisewii vo de wonig?» fròòget der Ääschme de Chündig, «gseed er öppis?»

«Er gseet natüürli nüüt.» De Chündig isch ulidig. «Gib doch äntli de befeel zum schtùùrm, dän isch dure.»

«S hanged na epaar politeschi überlegige dine. Da händ sich na ander inschtanzen iigschalte, ganz hööchi. D laag isch verwicklet.»

«Susch bisch ä nöd so pingelig», säit de scheff vo der iisatzgruppe, «rächt isch rächt, und urächt isch urächt. Das isch doch i dèm fall tüütlicher als tüütli.»

«Ich säg der s ja: d laag isch verzwickt, psunders d kompetänze. Obenuse chèèred s um zueschtändikäite, das häisst Bèèrn gäge Züri und umgcheert.»

Er laat sich zoberscht i s huus a de Hodlerschtraass füere, won en polizeimaa d wonig vo s Wèètlis beobachtet und au es ggrèèt uf d schiibe ggrichtet hät zum d underhaltige mitschniide. Tumerwiis sind d psetzer warschiindli uf der andere siite vom huus. «Vo mìr uus gsee, isch ales ruig. Aber das cha tüüsche», säid er.

---

[1] *primeur*

Der Ääschme telifoniert de Schanin. S losid all mit, er söll rede. «Händ er d naachrichte gsee geschter?»

All wüssid pschäid, säit d Schanin, de wortfüerer heb übersetzt. S seg imer na kän nöie befeel choo. Öb er well mit em gruppefüerer rede?

«Jaa, gänd Si mer en.»

De Filemu Moni mäldet sich, ooni name.

«Red ich mit em aafüerer, wo mich känt?»

«Richtig.»

«Ir händ underdesse ggmèrkt, das Er di faltsch familie Wèètli vertwütscht händ. Chömer is underhalte drüber?»

«Sicher.»

«Ine gaat s um d liferige vo waffen an Iri regierig. Wä mer Ine zuesichered, das mer d liferante feschtsetzed, isch dän Ires zìil erräicht?»

«Im prinziip jaa.»

«Woo isch de haagge?»

«Si wänd, das mer us dère wonig abziend. Schtimt s?»

«Das schtimt.»

«Das chömer nöd sälber entschäide, das chömer eersch, wän öisi läitig zuegschtume hät.»

«Guet. Wǜǜred Si mich i d wonig inelaa, eläi, ooni waffe, iez? Sii und d Schanin käned mi ja.»

Chùùrz isch rue im telifoon; dänn akzeptiert de Filemu de voorschlaag.

Der Ääschme macht mit de Täitäi de ganz wääg zrugg über d Hodlerschtraass und d Segantiinischtraass bis vor d numeren 61.

«Waart daa, ich gang ine», säid er zuen ere.

Er chunt bis a d huustǜǜr: deet schtönd de Schwaab und de Gäiser vom MSD und schüttled de chopf: kän durchgang. Säge tüend s nüüt.

«Frȍȍged öie scheff, de Ramsäier», verlangt der Ääschme.

«Müesse mer nid frage. Mir hei order, nu d bewoner vom huus dürezlaa u susch niemert. Dìir sit niemert. Und üse scheff isch der oberscht Füürscht.»

«Gopferteckel, wüssed er, wèr i bin?»

«Jaja, der dingsdaa vo Züri, won aḷes eleini wott mache. Aber daa si höcheri inträssen im schpìiḷ. Sit vernümftig, ziet Öi zrügg. Das isch ds sach vom MSD.»

Was wott de lütnand mache? Zwee gägen äine, zwee mit uuspüülete tschööpe, wo pischtole dehinder sind. «Watterloo zum zwäite, schtèèrnesiech!» mungget er. Und zied ab.

★

Was der Ääschme nöd ggwüsst hät, won er *vor* em huus gschtanden isch, das de Ramsäier *im* huus isch und mit de polineesier verhandlet. Er mèrkt s, won er uf em häiwääg s Wèètlis aalüütet und sich de Ramsäier mäldet. Der Ääschme hänkt grad uuf.

Vo dihäi uus probiert er s nachane namaal und vertwütscht d Schanin. Öb de Ramsäier wider ggange seg, frööget er.

«Ja. E gschlagni halbi schtund häd er an Filemu aneggredt, äigetli eender an en anebälet wien a siin letschten underhund. Und er hät schtändig über en ewègggluegt. Er hät ne freien abzùüg und transport in iri häimet verschproche. Wänn nööd, so lös er d wonig schtüürme und dänn chömi käine vo ine läbig devoo. De Filemu hät satz für satz sine landslüüt müesen übersetze. De Ramsäier hät ne sowenig aagsee, was s tänked, wi mìir au. Er widerholt siis aagebott epaar maal, imer lüüter, wil er mäint, s göng de gägepartei nöd ine. De Filemu hät sich chùürz mit sine lüüt underhalte und em Ramsäier d antwort ggèè: ‹Mer lèèned Iri voorschlèèg ab; öise kampf gaat wiiter. Tänked Si draa, wänn Si schtüürmed, das öisi waffen ideaal sind für sèttig rüüm.› Dezue häd er uf sini handgranaate gchlopfet und ganz verschtole gglächlet. Mäined Si, er schtüürmi würkli?»

«Zueztroue wèèr s em. D polineesier schtööred d chräis vom Ramsäier siim departemänt z Bèèrn, also müend s wègg. Gliich wie.»

«Wo läbed mer dänn, hèr Ääschme?»

«Das frȍȍg mi au. S tuet mer läid, ich bi nöd i s huus inechoo, wie Si ggmèrkt händ. Si gönd moorn go schaffe.»

«Under dènen umschtänd bliib i dihäi.»

«Näi, Si gönd go schaffe, wie susch. Und Si nämed Iri wonigschlüssel mit. Vo Irer wonig im partèèr. Die holi bi Inen i de versicherig. Wän ales guet gaat, isch moorn zaabig wider rue in Irem block.» Der Ääschme hät en idee. Die hoochnäsige hère vom MSD gönd em uf de wecker. Si räized en zum nen äis uuswüsche. Nöd zletscht isch er s siim rönomee schuldig, das er sich nöd uf chappe laat la schiisse.

D Schanin Wèètli schwanket echli und säit dänn zue: «Guet, iiverschtande. Aber nu, wänn Si em Filemu und sine lüüt nüüt mached und si nöd em Ramsäier übergänd. Das sind kä schlächti mäntsche. Die händ rächt ghaa, das s em Ramsäier abgsäit händ. Ìich hett au. ‹Mit dèm nööd›, hät mer de Filemu nachane gsäit.»

«Verhafte mues i s. D waffe wèèrded s müesen abgèè. Was d juschtiiz macht nachane, liit nümen i miinere macht. Aber ìich schriib de pricht. Säged Si das em Filemu.»

Si verabschided sich bis moorn.

Na am gliiche namittaag redt der Ääschme mit em grã-scheff, ooni wüsse vo de scheffin, öb me sich daas mües la büüte vom MSD.

Der komendant Feisler findt s voorgaa vom MSD skandalöös: «Da isch aber e poliiteschi komponänte dine. Ganz abgsee vo de kompetänze. Da müend grundsätzlechi fraage gglööst wèèrde.» Er well wider prichte.

D achtinaachrichte bringed blos e chùùrzi notiz, d laag a de Segantiinischtraass seg uveränderet. S bild zäiget de block mit abschperrbänder und ggwundrige sundigschpaziergänger, wo sich d ziit vertriibed mit emen augeschii.

S ‹chrischchindli› isch geschter im theaater gsii, list kä sundigpräss und erfaart dèè momänt phèr fèèrnsee vo de sändig über d gäislenaam a de Segantiinischtraass. «Das isch en skandaal!» rüefft si i s telifoon, «die tänked für kän föifer. Si chönted ja mäntscheläbe gfòòrde!»

«Das han i scho geschter em tagesschauscheff wele biibringe, er hät s blos nöd begriffe; für dèè gaat d imformazioonspflicht voor.»

«Wie wiit sind Si?»

«Erwaarted Si, das i na öppis mach, wänn Si mer moorn de fall wègnänd?»

«Wien ich Si känn, schaffed Si umso verbissner draa. Also: was händ Si voorgcheert?»

«Das chan i eersch säge, wänn i s wiiter voorgaa mit em hèr schtaatsaawalt abgschproche ha.»

«Die bilig uusreed nimm Ne nöd ab.»

S gchèèr gaat sicher föif minuute wiiter. Weder wiicht d scheffin zrugg, na ruckt der Ääschme mit siim plaan use. Si wùùr uufhüüle. S ‹chrischchindli› und uufhüüle ...!

S ‹chrischchindli› – äigetli isch es schaad, das d Caliander iez im ganze huus soo häisst. Debii isch s chrischchindli im Schönebèèrg obe, siinerziit, soo öppis ghäimnisvolls gsii, öppis ureformiert häiligs, schööns, verboorges, blos äimaal im jaar. Wänn d mueter s ‹hèrezimer›, wo me nu sälte gsii isch, abgschlosse hät, und me nöd ggwüsst hät, was laufft hinder de tùùr, bis am häiligaabig s glöggli gschälet hät und ebe s chrischchindli choo gsii isch. Hüt isch ales soo uufteckt, käs ghäimnis me. D chind gönd mit de mueter go de chrischbaum poschte, hälffed ere cheerzli und chugle draahänke und d gschänkli anelegge – näi, daas cha kä rächti wienacht me sii.

Soo isch au s ‹chrischchindli›, wo Caliander häisst, käs chrischchindli mit ghäimnis, si isch blos ecklig – ecklig mit ck.

Au nach den achte mäldet en enttüüschte grã-scheff, de regierigsraat Pfischter seg au usicher und well s a di nöòchscht regierigsraatssitzig bringe.

«Dänn chömer s vergässe. Bis dänn hät der MSD s probleem gglööst – uf sini aart, wä mer em nöd zvoorchömed.»

«Mini underschtützig händ Si, Ääschme, solang s nöd in es ggrangel zwüschet bund und kantoon mündet. Und das mer uf kän fall bluet flüüsst! Der MSD isch daa nöd übertriben empfintli.»

«Ich mach, was ich chann, hèr Feisler. Wòisched S mer glück.»

«Vil glück!»

Na schpöòter, lang nach em grã-scheff, lüütet em d Mariisa aa: «Ich ha zuefelig piggédienscht; da isch e schüüsserei gsii z Fluenteren obe. De schütz hämer nööd, aber dèè, won er verfèèlt hät, isch en junge maa mit tunkle haar, und er isch mit eme mitsubischi furtgfaare, i übersetztem tämpo. Säit der das öppis?»

«Wänn d au na d autonumere häsch, seer.»

«Das wèèr z äifach.»

De lütnand schlaafft uruig die nacht. Gaat de kompetänzschtriit zwüschet Bèèrn und Züri so lang, das er d ziit hät zum die psetzig uf siini aart lööse? Er hofft s. Aber der MSD isch daa nöd übertriben empfintli, da hät de grã-scheff rächt.

7 De Walter Fùürscht schtriitet um kompetänze, en lang gsuechte mäldet sich sälber, und der Ääschme läid em Chlotz siin plaan voor.

Am mèèndigrapport setzt sich de lütnand i di vorderscht räie, nòöch zum podium. Hüt häd er öppis z säge. Nach de fèèrnsee-sändigen und nach de pricht i de sundigpräss, won i de hüttige ziitige widerholt wèèrded, mues men etz userucke und über de schtand vo den ermittligen oriäntiere. Susch git s ggrücht, und ggrücht sind kataschtroffaaler als d waret.

Hüt schwänzed wenig: men erwaartet enthülige. De saal isch pumsvole. Zvorderscht, uf der änere siite vom mittelgang, sitzed vier hüperkoräkt aaggläiti hère, de schtaatsekretèèr Ramsäier, de Schwaab, de Gäiser und de Fùürscht. Was wott de Ramsäier daa mit sine hère vom Militèèrische Sicherhäits-Dienscht? Und de Walter Fùürscht isch doch de grööscht rambo vom MSD! Wisoo chrüüzt etz sogaar de Fùürscht uuf, de scheff vom MSD!? D zürcher polizischte händ d räie näbet ne und hinder ne freigglaa. Me chüschelet über s.

D frau tokter Caliander schtiigt als eerschti uf s poodium und git scho nach epaar floskle s wort em Ääschme zum de schtand a de Segantiinischtraass schildere. Hät si em de fall etz wègggnaa oder nööd? Aber intèrni schtriit ghööred nach em Ääschme nöd vor en uzueschtändigs greemium. Also fangt er aa mit de psetzig vo de wonig Wèètli dur en opposizioneli gruppe vo Eromanga, wo di ilegaale waffeliferige vom en andere Wèètli und vom Gùürps well underbinde. Verhänkt mit dène liferige seged d mörd am Öttiker und am koleeg Fischer, au wän er nanig rächt duregsèèch, wie. Er bittet, das niemert käs wörtli me säg über d psetzig z Höngg und de waffehandel, bis mer die psetzig ggmäischteret heb.

Chuum häd er d näme Gùürps und Wèètli gsäit ghaa, huscht de Fùürscht vom MSD zu de frau Caliander übere und redt mit muul und händ zuen ere. Dänn schtiigt er uf s poodium ufe:

«Mii namen isch Walter Fùùrscht, oberscht im Militärische Sicherheits-Dienscht. Mi organisazioon übernimt zäme mit der frou tokter Calianger ab sofort d ungersuechung vom waffehandel vo de beeden erwäänte here. Als, won im zämehang schteit dermit, isch a d frou tokter Calianger, das heisst an üüs z mälde. Use geit nüt me!»

Im saal bricht es gsums loos, ales lueget der Ääschmen aa und schüttlet de chopf. Wohèèr chunt die wiisig wider!? Mit dèm sött er womögli na zämeschaffe? Mit dèm rammchlotz!

Äinen im saal rüefft überluut: «Brawooo!» Epaar ander widerholed s, und äis gglächter erschütteret di versamlete polizischte. Die iiprochne bèèrner mag niemert. Wo tüend, wie wänn Züri ine ghöörti. Mit den auge sueched all der Ääschme.

Der Ääschmen isch verschwunde. Der uvermuetet nüme zueschtändig Ääschme sitzt mit em schtaatsaawalt Chlotz zäme: «Ich schlaa der en uuralti chriegslischt voor: Mer schicked mini lüüt vor s huus und beschäftiged d lüüt vom MSD. Ìich gang uf der andere siite vom huus dur s fäischter inen i d partèèrwonig vo de Schanin und dän überufen i d wonig Wèètli. Deet underhandl i mit em Filemu Moni. Ich bi sicher, ich bring en dezue, das er uufgit. Gisch mer grüens liecht?»

«Wool isch mer nööd. Aber mer müend s probiere. Also mach s! Wichtig schiint mer, das mer gschnäler sind als d hitzchöpf vom MSD und das mer d polineesier vor dènen i d händ überchömed. Wäisch, ich chönt mer voorschtele, das d waret über die waffeliferige sött vertuscht wèèrde.»

Zmittst im gschpròòch schtöört s s schäle vom telifoon. En maa seg dunen am empfang, git de Pirmiin dure. Dè well zum Ääschme, und nu zum Ääschme. Er heb öppis wichtigs, phaupt er. Er machi en vergelschtereten iidruck.

Er söll en ufeschicke, säit der Ääschme, und zum Chlotz: «Bliib nu, ich gib en nachane de Mariisa, dänn faared mer wiiter.»

De lütnand laat de jung maa absitze und frööget rutiinemèèssig zeersch nach name, voorname, alter, woonoort usw.

«Näinäi», säit de jung maa, «das isch uwichtig, ich han angscht um miis läbe!» S töönt nach hilff.

«Was isch passiert? Fassed Si sich chùùrz!»

«Ich ha s bild vom verschossne hèr Fischer gsee, geschter. Wil i ja nümen usetrout han. Geschter händ s gschossen uf mi.»

Hoppla! Iez isch de lütnand plötzli inträssiert, häiss inträssiert. «Verzeled Si, hèr ...?»

«Schoch, Pheeter Schoch.» Au de Chlotz mèrkt etz uuf.

«Si händ also de Patrick Fischer känt?»

«Jaa, ich han em telifoniert, uf siis händi, die numere häd er mer emaal ggèè für üsserschti nootfäll, ich lüüt em aa, und er säit, ich söll a d Luchswiseschtraass choo, er waarti im huusiigang. Deet han en troffe, er hät mi ufegfüert in e wonig. Daa heb s ales, won i bruuchi, häd er gsäit, ich chöni emal e wuche daa bliibe, nöd verusegaa, nöd zum fäischter useluege, liislig mache.»

«Er hät nöd wele wüsse, werum Si fliend?»

«Moll, natüürli, ich ha doch en verletzten uufggläse, ich ha gsee, wie plötzli en maa uf em fuesgängerschträiffe umgheit isch, äifach umgheit, öppert isch wègggloffe mit groosse schritt, schtatt em z hälffe, was mi zeersch ggwunderet hät, aber dänn nüme, won i gsee, das er zur bruscht uus blüetet, miis händi isch dune gsii, d telifoonkabiine hät kä gält aaggnaa, da han en halt uf de biifaarersitz taa, er hät gschtöönt, won em d gùùrt aalegg, aber – ich faar in Wäidschpitaal und lifer en ii.»

«Dänn sind Si aber glii ggange?»

«Jaa, näi, äigetli han i lang ggwaartet, sicher zwänzg minuute. Wil s gsäit händ, si bruuchid mini phèrsonaalie. Mer überläit sich ja s äint und s ander, wä me so umenandlaufft und nüüt gschiids cha mache. Da tänk i plötzli, das dèè sicher en schuss i de bruscht heb, und dèè, wo devooggloffen isch ..., und wèr wott scho wäge so öppisem in e häikli laag choo? Da bin i ggangen und häigfaare. Die müemer aber naagfaare sii: i de nacht mèrk i, das öppert a de wonigstüür umemacht, ich bin anegschliche und ha dur de schpioon äine gsee dusse. Ich ha nöd ggwüsst, waas mache, ich ha ja bluet im auto und am ggwand ghaa, und ha tänkt, mer chönt mäine, iich hett dè maa aagschosse. Bis mer de Patrick in sinn choo isch. Da han em aagglüüte, und bin a d Luchswiseschtraass gfaare.»

«Naagfaaren isch ne niemert?»

«Ich glaub nööd, jedefalls han i niemert gsee.»

«Hät Ne der Öttiker, das isch de aagschosse maa, hät Ne der Öttiker na öppis gsäit?»

«Näi, dèè isch fasch übere gsii, hät blos ggröchlet, das i ggmäint ha, er schtèèrbi jeden augeblick.»

«Was isch passiert i de wonig a de Luchswiseschtraass.»

«Nüüt. De Patrick hät wider wele gaa, da frööget er, won i miis auto heb.»

«Da säg i: ‹Dunen i de garaasch.›»

«Er säit: ‹Du tume siech, pharkier s sofort um! I d garaasch under emen andere block und chumm wider zrugg. Ich laa s dänn abhole.› Ich faar mit em lift abe und schtell de charen under s näbethuus und wott wider zrugg. Und won i zruggchumm, vor d wonig, gseen i d schüss i de tüür und hau sofort wider ab.»

«Wo ane?»

«Zu de fründin uf Fluentere. Da bin i nümen use.»

«Em Fischer händ Si ales verzelt ghaa vo dèm aagschossne maa?»

«Natüürli, er hät gsäit, ich mües käi angscht haa, er läiti s em Ääschme wiiter. Aber zeersch dè aagschosse, dänn di durlöcheret tüür – ich ha nümen uf d schtraass usetrout.»

«Si händ e waffe?»

«Jaa, en armeepischtole.»

«Legaal?»

«Ich bin oberlüütnand. Wèr isch dèè gsii, won i im Schpitaal abggèè han? Ich ha dèè nie gsee vorhèèr.»

«En chliine gauner. Wänn Si geschter und vorgeschter fèèrnsee ggluegeт hetted, wüssted Si s.»

«Mini fründin lueget kä fèèrnsee, loset kä radio und list kä ziitige. Si isch deetduren echli doof. Si schtudiert japanischtik. Händ Si all verhaftet? Chan i wider häi?»

«Äine fèèlt is na. Käned Si dèè?» Er hebet em s bild vom toote Öttiker ane.

«Das isch dèè, won i in Wäidschpitaal taa ha.» Bim andere, bim ‹Newaada› isch er usicher. «Chönt en sii, chönt en au nöd sii.»

De lütnand läid em d foti vom ‹Spiidi Gonsaales› uf de tisch.

Da wiìrt er ganz nèrvöös: «Das isch dèè vo geschter zaabig, dèè won uf mi gschosse hät. Dè isch plötzli nòòch vor mer gschtande, vilicht füfzää meeter, hät nèrvöös ziìlet, aber blos mit de rächte hand, nöd mit beedne, drum häd er tänk au verbiigschosse. Aber furtgsecklet bin i gliich.»

★

Am zäni chunt de Walter Fùùrscht und hinder im d frau tokter Caliander i s büro vom Ääschme. Daa sitzt nu de schtaatsaawalt tokter Rudhard Chlotz und list ab bildschiìrm, was de lütnand nanig em zäntraalkompjuuter aavertrout hät.

«Wär sit Diìr?» De Walter Fùùrscht hät der unaaggnèèm toonfall vom en adjudant-underofizier.

De Chlotz schtelt sich voor, mit em ganze tittel.

Was em Fùùrscht null iidruck macht: «Wo isch der Ääschme?»

«Ich bi blos gascht daa. Vilicht wäiss es öppert im andere büro äne.» Er säit s über d achsle und list wiiter.

Au im groosse büro wäiss niemert, woo der Ääschmen anen isch.

«Die hebed zäme wie päch und schwäfel!» schimpft s ‹chrischchindli›, «a die ane chum i äifach nööd.» Debii wüssi die bandi ganz ggnau, wo der Ääschmen aneseg, tänkt si.

8 Der Ääschme rüschted sich mit schlüssel uus, redt vernümftig und schriibt en pricht. Und was us de delinquänte woorden isch.

S isch imer na mèèndig, na gaar nöd schpaat, nanig emaal mittaag. Im «Los Äntscheles khoffi schopp» isch de platz vom Filemu Moni lèèr; a de lüüt vom MSD isch er nöd verbiichoo. De lütnand psuecht d Schanin Wèètli. Er wott wüsse, wie d laag i de wonig gsii isch hüt am moorge.

D Schanin rapportiert: «Gliich wien a den andere tääg. D polinesier händ abwächsligswiis gschlaaffe, passed mee uuf, sit die unuuffelige hèren i lädertschööpe vor de tùùr schtönd. Natüürli händ s d fèèrnseesändig aagglueget, ich han ene ggrüefft ghaa. Hett i nöd söle?»

«Momoll.»

«Ich hett s irgendwie nöd fèèr[1] gfunde. Si sind aagschpant. Si sötted etz d wila vom Wèètli go psetze, vom andere Wèètli, hät mer de Filemu Moni gsäit. Aber si chiemed ja nöd wiit. Ich han enen au aagchündt, das Sii verbiichömid.»

«Guet. Hoffetli han i ggnueg ziit zum rede mit ne, bevor de Sicherhäits-Dienscht schtùùrmt», säid er, uvoorsichtig.

«Halt etz! Sii sind doch de scheff! Sii händ gsäit, s wèèrdi nöd gschtùùrmt. Was hät daa ggänderet im plaan?» Si isch entsetzt.

«Nüüt, nüüt. Miin plaan bliibt. Und ich bring en zum e gueten änd.» Das isch es verschpräche, won er nöd tòòrfft gèè. «Chan i etz d schlüssel haa?»

Si lueget en aa. Er list kä vertroue me i irnen auge. «Si mached s ja gliich», säit si schliessli, «daa sind d schlüssel: für mini wonig und für d wonig vo den eltere. Dèè schlüssel daa gaad au a mini balkoontùùr. Si müend also kä schiiben iischlaa.»

---

[1] *fair*

★

Underwägs vo der Ängi uf Höngg gid er aawiisige a sini lüüt: «Gönd a d Segantiinischtraass 61. Ìir sind s schtöörkomando. Ìich gang hinen ine. Ìir sorged defǜǜr, das mer weder d überfalleggippe Chündig na de famoos Militèèrisch Sicherhäits-Dienscht i d quèèri chunt. Veraaschtalted sovil lèèrme, das me mich nöd ghöört und all *vor* s huus anechömed. 12:30 bin i hinder em huus, ab dänn müend er uufpasse.»

D Mariisa widerholt all befeel und ergänzt: «Ablänke mit fantasii.»

«Verschtande! Passed uuf, das öi niemert gseet furtgaa. Susch mèrked s, was mer schpiled. Läited all aarüeff uf öii händi um. Ende!»

★

I de Hodlerschtraass gaad er in eschtrich ufe zum polizeimaa, wo s huus numeren 61 obsèrwiert. «Gseesch öppis?»

De polizeimaa, en Schtöössel, frö̀it sich über d abwächslig. Sit gschlagne vier tääg mach er etz dè langwiilig tschob, de scheff well ekän anderen abschtele defǜǜr. Me gsäch nöd i d wonig ine, wäg de voorhäng, di koomische figuure vor de huustǜǜr tèèged wichtig und lösed niemert ine ussert dène, wo deet wonid. Allpott und wider schliichi äinen ume vo de gruppe Chündig, er käni s natüürli, au wänn s übertriben unuuffelig und i ziviil umelauffid. Am elfi seged epaar schurnalischte cho luege, aber d bulldogge vor de huustǜǜr lösed niemert passiere, wo nöd zum huus ghööri.

«Du häsch e filmkamera aa, oder?»

De Schtöössel hät.

«Guet. S isch wichtig, das ales uufninsch, sobald mich gseesch dur d gaarteplatztǜǜr inegaa. Au was vor de huustǜǜr laufft.»

«I d wonig ine gseen i aber nööd.»

«Klaar. Zäig emaal, wie d toonuufnaame sind.» De Schtöössel gid em d chopfhöörer. Dur s ruusche cha me wörter ghööre, von ere fremde schpraach. Wänn s tüütsch wèèr, wǜǜr me s vermuetli verschtaa. «Lueg, das es möglichscht tüütli überchunsch. Vilicht nützt s is schpööter.»

Der überblick vo daa oben isch exzelänt: Zwee mane vom MSD schtönd imer na vor de huustǜǜr. D voorhäng vo de wonig sind zoge. En fotograaf schtaad oben uf de schtraass. Hinder em huus tauched plötzli zwee maa uuf. «Gseet nach patrulien uus», mùùrmlet der Ääschme.

«Die lauffed all viertelschtund um s huus ume», säit de Schtöössel, «die müend au zu dènen a de tǜǜr ghööre. Si sind schtuur: all füfzä minuute, ich ha s gschtoppet.»

«Mèrssi, das hilfft mer, das häsch guet ggmacht», säit der Ääschme zuen em.

S interwall langet bequèèm zum über de gaartesitzplatz i de Schanin iri wonig choo. Im huusgang gseed er dur s fäischterli d chöpf vo de wächter vor de tǜǜr. Liislig schliicht er d schtäge duruuf und chlöpflet a d wonigstǜǜr. Er hebet siin uuswiis ane, das mer en gseet dur de schpioon.

De Filemu Moni zied en i d wonig ine und pschlüüsst wider. «Si kän i. Si sind im kafi gsii am Bläicherwääg.»

Der Ääschme nickt. Si gönd i d schtube, wo de hèr Wèètli mit eme tunkelhüütige maa schach schpilt. Das gaad ooni schpraachkäntnis. D polineesier trääged taarnaazǜǜg.

De Filemu und der Ääschme sitzed im en egge vom zimer an boden abe. S seg sicherer da une, säit de lütnand, me wüssi nöd, was die für inschtrumänt hebed. So nööch bim fäischter, hofft de lütnand, chömm de Schtöössel de toon tüütlicher über; das phaltet er für siich.

De lütnand bräitet em Filemu uus, was er wäiss. Das isch im prinziip kä gueti verhandligstaktik, aber er trout siim wisewii. Mit eerliche mäntsche cha men offe sii. Ggwööndli säid er ja, me mües imer e patroone zruggphalte für de letscht nootfall.

De Filemu schtiigt drufii. Er git sini tumm laag zue. Er müesti d wila vom andere Wèètli psetze. Was usinig seg. Wän er zum huus usegöng, wèèrd er im günschtige fall verhaftet, im ugünschtige verschosse, und uusggrichtet heb er nüüt. Si hebed diskutiert under sich, öb si s huus söled i d luft schpränge oder öb si sich söled umbringe. Aber s Wèètlis chönid ja nüüt defǜǜr, das me si i di faltsch wonig gschickt heb. «Uuftraag verchachlet! das isch ales, won i na cha tänke.»

«Ich bring öi läbig use. Ich verhöör öi nachane, und iir säged mer ales, won er wüssed über d waffeliferige vom Wèètli und vom Gǜǜrps. Öii uussaage läit i wiiter a di richtig schtell. Dademit chönd er mer hälffe, das de Wèètli und de Gǜǜrps e ziitlang nüme frei umelauffed. Dänn häsch gliich na öppis chöne tue für diis land.»

De Filemu lueget en lang aa. Er rüefft sini drei soldaaten ane und erchlèèrt ne, was s ggredt händ. Si wääged ab. Si nicked.

«Mer chömed mit diir use. Säg s dine lüüt!» säit de Filemu. Der Ääschme git s de Mariisa dure und pschtelt si mit em Üelinger und em junge Schneebeli a d wonigstǜǜr.

Zwoo minuute druuf schälet em Ääschme sis händi, en uufggregti Mariisa rüefft: «Pass uuf, Häiri, die schtǜǜrmed!»

D polineesier händ iri handgranaate scho uf de bode ggläit, i vier sächserräie, und sind draa, d pischtole z entlade – da rüefft der Ääschme: «Schtopp!» Im gliiche momänt ghöört me tramplen im schtägehuus.

«Grinden abe, uf de bode!» rüefft der Ääschme, und truckt e taschte: «Chündig! Aaträtte gäge der MSD! Iez!»

Dur d fäischterschiibe flüügt e näbelgranaate. «I d chuchi!» De Wèètli und d frau hueschted und verschwinded. Äine vo de polineesier häd s maschineggweer uf d wonigstǜǜr ggrichtet. Der Ääschme liit näbet em und griifft nöd ii. Hoffetli chunt de

Fùùrscht oder de Ramsäier zeersch ine. D tùùr tätscht i de ganze hööchi uf de bode, em polineesier siis maschineggweer hacket en ganze patroonegùùrt dure, zwoo salve tschädered ine, e bländgranaate macht ales wiiss, de lütnand rugelet sich uf d siite, er ghöört und gseet s sèriefüür blitzen us em ggweer vom polineesier. Dän isch rue. Böösi rue. Käs wort.

«Chömed use! D händ dobe!» De Fùùrscht redt dusse dur s megafoon. S passiert nüüt. «Liggebliibe!» befilt de lütnand. Er ghöört, wie s de Filemu wiitergit. Also läbt dèè na.

«Häiri?» ghöört er d Mariisa im händi.

«Jaa, ich läb na. Säg dèm tume siech, wo das befole hät, wänn sich de rauch verzoge heb, chömed mer use.»

«Er hät mitggloset. – Er nickt.»

«Und er söll sini deschperaado zruggzie.»

«Er ziet s zrugg.»

Das schtimt, wo me wider öppis gseet, nöd ganz. Uf de wonigstùùr liit de Ramsäier, tood. Uf de schtäge cha de Gäiser nüme lauffe: oberschänkelschuss. Vo de polineesier hät s de maschineggweerschütz vertwütscht, de Filemu blüetet us em underaarm, den anderne beede hät s nüüt ggmacht.

Aber d frau Wèètli liit tood i de chuchi. Wèèr hät deet inegschosse? S mues äine vom MSD gsi sii. Vom woonzimer uus gieng s nööd.

Zvorderscht vor de polineesier gaat der Ääschmen use. «Du hesch d konsequänze z träge, Ääschme, daas verschprich der! Da soorg ììg derfùùr!» brüelet en de Fùùrscht aa, «ii rääch üser manne.»

De lütnand holt allne d èèrm abe. Er gseet d überfallgruppe Chündig daaschtaa. Hät die nüüt ggmacht? Wiiter ewègg isch s fèèrnsee und reporter.

En fèèrnseereporter hebet em Ääschmen es mikro under d nase: «Ire komentaar, bitte, hèr Ääschme!»

«Ooni d präss und ooni s fèèrnsee hetted mer die huuspsetzig under de hand chöne löösse, fridlich und ooni tooti», säit er giftig.

De schurnalischt trület sich hässig um; der Ääschme gseet, das er uf d polineesier loosgaat, mit äim wott es interwjuu uf änglisch mache und schtuunet, das de Filemu züritüütsch redt. Won er s gfüül hät, de fèèrnseemaa heb öppe, was er bruuchi, schickt er der Üelinger ane und befilt em, er söll s interwjuu abbräche, d fèèrnseelüüt aasinge und de Filemu Moni wider bringe.

Vor de gfangnewagen abfaart, lueget der Ääschme na ine, suecht de Filemu Moni, frö̀öget en mit siim blick, öb er zfride seg mit em interwjuu, de Filemu nickt. Ganz wenig, d bewacher vo de gruppe Chündig chönd nüüt mèrke.

«Du hebsch dène dreine soorg, Chündig, ich bruuch all zämen als züüge», maanet er de scheff vo der überfalleggippe. «Ich mach de grööscht mäis vo miim läbe, wän äim öppis passiert.» De Filemu hät s verschtande und säit s wiiter.

S fèèrnsee, zaabig, bringt en uusfüerliche pricht über d polineesier und de schtùùrm uf s huus – natüürli ooni em Ääschme siin komentaar.

★

«Tiino, daa isch en anoniime polizeiofizier mit ere ganz ere häisse schtori», chündt sich der Ääschme em Schtèèli vom ‹Blick› aa.

«Ich los und notier.»

«Käi uufnaam, gäll.» Dänn verzelt er em di ganz gschicht, sowiit er findt, er tö̀örffi.

«Äntli wider emaal öppis, won i cha bruuche vo der. Das git d tittelsiite moorn. Wie söl ich diir tanke?»

«Tanke muesch nööd. Trucke muesch es.» Mit dèm sind de Gù̀ürps und de Wèètli erlediget. Sogaar, wä me de ‹Blick› weniger èèrnscht nint als en anderi ziitig, ander schurnalischte chlämed sich hinder d uussaage und röschèrschiered na mee füre.

★

‹Naabutze› säit der Ääschme der aarbet nach de verhaftige. Das sind d verhöör, das sind d pricht über voorberäitig, durefüerig und miserfolg von ere taat, au wèèr woo und mit waas mitggwürkt hät. Daas mues psunders sorgfeltig sii.

D verhöör mit em Filemu Moni sind di äifachschte. Er mues blos d underhaltig mit em i de wonig Wèètli la abschriibe und la underschriibe. D toonuufnaam isch tüütli ggnueg gsii. Si gaat bis zum groosse chlapf, wo de Ramsäier vom MSD i d wonig iibricht. De pricht schtelt er in zäntraalsòòrver, das en all chönd läse. Uf alerhööchschte befeel nint en dänn d scheffin Caliander wider use; *sii* mues es mache, der Ääschme lèènet s ab.

Au mit em ‹Spiidi Gonsaales› und em ‹Newaada-Tschon› chund er guet zschlaag. Iri beede junge pflichtvertäidiger schtoossed sich draa, das sich de lütnand und sini ‹chunde› tuuzed.

«Du chunsch ebe nöd druus», säit de ‹Spiidi› zu siim, «mer känt sich doch, gäll!» und lueget der Ääschmen aa. De rächtsaawalt für siin täil insischtiert uf em ‹Sii›.

De lütnand rächnet de beede voor, seperaat natüürli, was si en mord oder mordversuech choscht, i jaar, uf äigni rächnig und uf rächnig vom en andere. Wott säge, wivil biliger si devoochömed, wänn s en täil vo de verantwortig chönd an en aaschtifter abträtte.

Lang überlegge müested s nööd, und beed wänd iri huut rette. Er laat ne de ziit, wil er wäiss, das si iischlönd am änd. Si halted raat mit irne vertäidiger, wo zuesätzlich nachli handled mit em schtaatsaawalt.

De ‹Newaada-Tschon› cha de verfèèlt schuss uf der Öttiker nöd abschtriite: d chuglen isch us sinere pischtole. D ‹koräktuur› im Schpitaal gid er zue, wil s quaasi de zwäit täil vom uuftraag gsii isch. S isch em läid, das er de faltsch vertwütscht hät, em Ääschme siin koleeg Fischer. «En idiotische zuefall; ich chan äigetli nüüt defùùr», säid er, ganz tuuch, «aber s tuet mer würkli läid.»

De Pheeter Schoch erchänt de ‹Spiidi Gonsaales› äidüütig bi de gägenüberschtelig; de ‹Spiidi Gonsaales› mues zuegèè, das er uf de Schoch gschosse hät und i wèm siim uuftraag. Si underschriibed iri gschtäntnis; druuf underschriibt de Chlotz de haftbefeel für de Güùrps.

Mit em tokter juur Karl H. Güùrps fangt de richtig chrampf aa. Èèr chrüüzt nöd mit unerfaarne vertäidigerli uuf, sondern mit em gfinklete tokter Hasler, wo scho maal luut redt und sich i posituur schtelt, das men em fasch glaubt.

Dän isch guet, hät me de tokter juur Rudhard Chlotz debii, wo wäg em toktertittel als gliichwèrtig akzeptiert isch vo den andere, mit sinere bräiti d hööchi vom Hasler uusgliicht und grad so luut cha jurischtisch rede. Aber au em Chlotz sini künscht nützed kän dräck gäge di schtändig gägewaart vom tokter juur oberscht Walter Füùrscht und vom e hèr vom bundesamt. Sogaar d frau tokter juur Isabèll Caliander setzt sich mängmaal dezue, wil ere d rappört vom Ääschme zwenig uuskumft gänd. Nu: pro sitzig lueget würkli verfluecht wenig use.

Di eewige behinderige fanged i der eerschte sitzig aa. Ganz am aafang säit de Hasler: «S loont sich nöd, das Si miin mandant erchänigsdienschtlich behandled, das isch verloorni müe. Er müend en hüt na wider la lauffe.»

«Das isch en trick, wo mer i minere lange tèètikäit na nie verchoo isch. Na originell», lachet der Ääschme.

«Si lached scho bald nüme», säit de Hasler und lachet siinersiits. Zauberer uf de büüni mached s gliich gsicht. «Mer setzed himel und höll i bewegig. Si chönd öppis erläbe.»

«Mer ggwèrtiged iri gschetzt reakzioon.»

Da richtet sich de Hasler an Chlotz: «Ruedi, du machsch de fèèler vo diim läbe. Diin schuss gaat hinenuse.»

De Chlotz hät d antwort paraad: «Uf jede fall deetane, wo d duu schtaasch.»

S wìirt müesam, nòòchzue es jaar. Em Fùùrscht sini funkzioon wìirt nie ggnau umschribe, sovil der Ääschme denaa fròòget. Er windet sich use, ggnau wie de verträtter vom bundesamt. Beed hälffed em Gùùrps. Soo isch s verhèltnis vier gäge zwee.

Zum de Wèètli verhafte langet d aachlaag nööd. E diräkti betäiligung cha men em nöd naawiise. De waffenexport gid er zue. De hèr vom bundesamt – wider emal en andere – atteschtiert d legalitèèt und zäiget d bapiir. Au bim Wèètli isch schtändig de Fùùrscht debii. D verhöör mit em Wèètli ziend sich und ziend sich. D rächtshilff vo Eromanga bliibt uus; mit den underlaage vo de naachberschtaate cha me nüüt aafange. Der Ääschmen und de Chlotz schaffed der übergang vo de legalitèèt i d ilegalitèèt äifach nööd. De hèr vom bundesamt schilderet sini gränze, nämli d landesgränze; der oberscht Fùùrscht isch äinzig für d sicherhäit inerhalb zueschtändig.

★

Bi der eerschte gglägehäit, am mèèndig nach em schtùùrm a de Segantiinischtraass, häd en linggen e parlemäntaareschi aafraag iiggräicht im kantoonsraat: öb d regierig em iisatz vom Militèèrische Sicherhäits-Dienscht zuegschtume und dademit liib und läbe vo äigne polizischten und bürger gfèèrdet heb.

Nach aaggmässner undersuechigsziit, nach eme halbe jaar, wo niemert me draatänkt und niemert me ggnau wäiss, was gsii isch, chunt d antwort vo de regierig. De zueschtändig regierigsraat list di lang uuskumft, wo me chùùrz chönt zämefasse: bim schtùùrm uf d wonig Wèètli heb s epaar fataali misverschtäntnis ggèè under de verschidnen inwolwierten organisazioone. Gaar en schusswächsel seg nöd z erwarte gsii. D regierig beduuri die traagischen eräignis. E komissioon seg pildet woorden zum sèttig zwüschefäll i zuekumft uusschlüüsse.

Ussgglaa isch i dère regierigsrèètlichen antwort, das abverheiti gschäft und voorgäng nöd a d öffentlichkäit ghöörid, wil s volk ja vo hööcheren inträsse vo schtaaten und regierige sowisoo nüüt verschtiend, also chönn men em s au nöd säge. Pschtimti dienscht und gägedienscht, wo zämehangid, reglid schtaaten am beschten diskreet. Uf oberschter ebeni. Überhaupt, wèr wäiss scho, wo das Eromanga liit? Isch das nöd die insle, wo der äinzig riichtum von ere ire risebèèrg vo vogelschiissdräck isch?

Em Ääschme und em Chlotz iri erfölg sind durzoge. Zum prozäss wäg em waffehandel hät niemert zuetritt. Em ghööresäge naa hät zwaar d aachlaag d bilder zäiget, wo schurnalischte z Eromanga uufggnaa händ vo de panzer, wo ggnau gliich uusgseend wie schwiizerpanzer. Aber d uusfuerbewiligung isch legaal gsii und d wääg nöd zum kontroliere für de Gùùrps und de Wèètli. Also sind s mit eme zwäitklassige freischpruch devoochoo: de prozäss hät s wenigschtens öppis gchoscht. Usslandeschi regierige händ vo daa aa nüüt me wele z tue haa mit ene, s bundesamt hät nen iri uusfueraatrèèg nach zwee tääg mit em abgglèèntschtämpfel zrugggschickt. Ires gschäft isch inert eme halbe jaar zämegheit.

Bi de beede mörd isch de Wèètli gschloffe, wil men em Wèètli käs mitwüsse hät chöne naawiise vo de ‹konträkt›, wo de Gùùrps em ‹Newaada-Tschon› und em ‹Spiidi Gonsaales› ggèè hät.

De Gùùrps friili hät nöd blos mitwüsse ghaa, bi im isch es uuftraag zum mord gsii. Soo chund er mee über als de ‹Newaada-Tschon› und de ‹Spiidi Gonsaales›, wo mit em schtaatsaawalt zämeschaffed, nämli di voorgseene vole zwänzg jaar. Er gaad i d berueffig. Dänn sind s na acht jaar. De facto wèèrded s dänn sächs. Und de Wèètli übernint em Gùùrps sini gschäft.

Was tunkel bliibt, isch de grund für de morduuftraag. Isch der Öttiker gchaufft woorde? Vom wèm? Vo der eromangischen opposizioon ? Vom ene konkeränt vom Gùùrps? Oder gaar vom Militèèrische Sicherhäits-Dienscht?

De Militèèrisch Sicherhäits-Dienscht nint kän schade. Wèèr d hand über en hebet – wèr wäiss das? De Militèèrisch Sicherhäits-Dienscht seg e verdamts resozialisierigsprogramm für skinhed,[1] fluechet der Ääschme. Das cha jede ghööre von em, wo s wott – au die, wo s nöd gèèrn ghööred.

De schtùùrm hät ja em Ramsäier s läbe gchoscht, de frau Wèètli und am en eromanger. De schusswächsel isch gsii zwüschet em Militèèrische Sicherhäits-Dienscht und de polineesier. Also hät der MSD d undersuechig gfüert. Lang. Ooni ergäbnis. De hèr Wèètli hät naagfrṑṑget, imer wider, bim MSD, bi de bundesaawaltschaft, bim juschtiizdepartemänt, bim militèèrdepartemänt – am schluss häd er e briefsamlig ghaa. Susch nüüt.

Vilicht mues men au na naaträäge, das sich d wäle ggläit händ nach ere gwüssne ziit, d erinerig schwach und schwècher woorden isch und d regierige wider uf di probaaten und verlässliche verbindige vom Wèètli sinere TURİMOBİLİE zrugggriffe händ.

★

S schlimscht liit mittlerwiil au lang zrugg: Em Ääschme siin gang zum Wèètli und zu de Schanin Wèètli. Im Ääschme sineren erinerig bliibt e bööses gschprṑṑch. Debii, ggredt händ s äigetli wenig, mee gschwige mitenand. Und de vatter hät en mee aagglueget als ggredt mit sinen analisierende blauen auge. Di gliiche wie die vo de tochter. Aber die auge analisiered nüüt me.

Der Ääschme mag nüme draatänke. Er häd ere verschproche, das er iri familie häil zur wonig usebring. Und was isch passiert? Er verschüücht d erinerig imer wider; aber si hät sich feschtghaagget i siim hiìrni.

---

[1] *skinheads*

Wuchelang, wänn der Ääschmen vertwachet am moorge, mues er grad a s Wèètlis und d polineesier tänke. Und am silväschter, bim ruckblick uf s jaar, schtiigt em Ääschme d erinerig – vertaminamal! – wider uuf a d eromanger, an Filemu Moni. Das isch kän schööne silväschter woorde.

★

Und d polineesier? Huusfridesbruch, gäislenaam, waffepsitz, misbruuch vom asiilrächt – all daas cha me nöd äifach la duregaa. D schtraaffe sind nöd lang gsii, und me hät s glii wele looswèèrden und hät s abgschoben in ires land, won als sicher iigschtuufft isch. D «Akzioon Augenuuf!» hät zwaar prodäschtiert, aber z schpaat: die sind scho im flugzüüg gsässen uf Eromanga. Me hät nie nüüt me ghöört vom Filemu Moni und sine lüüt.

Wickinge, ob de gläis, 6.6.2004 10:56

All wèrch vom gliiche verfasser

Züri-Krimi

Di eerscht serii

1 **Der Ääschme trifft simpaatisch lüüt**
Züri 1979 Schobinger-Verlaag (vergriffe)
2 **Der Ääschme laat e melodii nöd loos**
Züri 1979 Schobinger-Verlaag (vergriffe)
3 **Der Ääschmen und de doorffkönig**
Züri 1997 Schobinger-Verlaag (zwäiti uuflaag)
4 **Der Ääschmen und s mager gäissli**
Züri 1981 Schobinger-Verlaag (vergriffe)
5 **Em Ääschme wìrt en mord aagchündt**
Züri 1983 Schobinger-Verlaag (vergriffe)
6 **Der Ääschme wett en fall nöd lööse**
Züri 1986 Schobinger-Verlaag (vergriffe)
7 **Em Ääschme läit me schtäi in wääg**
Züri 1996 Schobinger-Verlaag
8 **Der Ääschmen und der äifach mord**
Züri 1996 Schobinger-Verlaag
9 **En alte fall vom Ääschme**
Züri 1997 Schobinger-Verlaag
10 **Der Ääschmen und de mord im schloss**
Züri 1997 Schobinger-Verlaag

Di zwäit serii

11 **Der Ääschmen und di riiche toote**
Züri 1998 Schobinger-Verlaag
12 **Vor em Ääschme gönd all läden abe**
Züri 1999 Schobinger-Verlaag
13 **Der Ääschmen und d hère mit de grawatte**
Züri 1999 Schobinger-Verlaag

14 Der Ääschme bringt urue i s doorff
Züri 2000 Schobinger-Verlaag
15 Der Ääschmen und di goldig schtripptisöös
Züri 2001 Schobinger-Verlaag (vergriffe)
16 Em Ääschme chund en GOTT i d quèèri
Züri 2002 Schobinger-Verlaag
17 Em Ääschme sini versouet wienacht
Züri 2003 Schobinger-Verlaag
18 En alte schuelkoleeg vom Ääschme
Züri 2004 Schobinger-Verlaag
19 Em Ääschme sini vier bäize
Züri 2005 Schobinger-Verlaag (vergriffe)
20 Der Ääschme wìrt versetzt!
Züri 2006 Schobinger-Verlaag

Di dritt serii
21 Der Ääschme macht e zwäiti ggarièère
Züri 2010 Schobinger-Verlaag
22 Em Ääschme schtaad e frau in wääg
Züri 2011 Schobinger-Verlaag
23 Das maal chunt der Ääschme z schpaat
Züri 2012 Schobinger-Verlaag
24 Psuech für der Ääschmen us de Süüdsee
Züri 2013 Schobinger-Verlaag

Schpòòter chömed use:
25 Der Ääschmen und de schtùùrzmord
26 Der Ääschmen und di koomisch riitschuel
27 Der Ääschme wìrt organisiert
28 De tood isch gschnäler als der Ääschme
29 Gält, macht und liebi gäg der Ääschme
30 De schlimscht vom Ääschme sine fäll

Romään

Kä helde · vil gschichten i äinere gschicht
Züri 1996 Schobinger-Verlaag
Di Grooss Revoluzioon · d bücher 1 bis 3 (1786–1791)
Züri 2013 Schobinger-Verlaag (korigierte naachtruck)
Di Grooss Revoluzioon · d bücher 4 bis 6 (1792–1794)
Züri 2009 Schobinger-Verlaag
Di Grooss Revoluzioon · s büechli zum buech
Züri 2009 Schobinger-Verlaag [nu zum zwäite band]
Di Grooss Revoluzioon · en füerer dur s revoluzionèèr Pariis
Züri 2012 Schobinger-Verlaag

Chùùrzgschichte

gschpuneni gschichte · vierzä chùùrzgschichte
Züri 1997 Schobinger-Verlaag
vo manen und fraue · gschichten us de Räbluus-baar
Züri 1998 Schobinger-Verlaag
zwüschet himel und èèrde · 16 gschichten us der Iwonn-baar
Züri 2002 Schobinger-Verlaag
alerhand tüüschige · zwäi totzet gschichten von ere ruckfaart
Züri 2008 Schobinger-Verlaag

Übersetzige

de versamler · de Prediger Salomo uf züritüütsch
Züri 1985 Jordaan-Verlaag
שיר השירים · s Liederlied · hebrèèisch und züritüütsch
(= Das Hohelied)
Züri 2005 Schobinger-Verlaag
βατραχομυομαχία
de frösch-müüs-chrieg · griechisch und züritüütsch
Züri 2007 Schobinger-Verlaag

züritüütsch D dialäkt-schpraachbüecher für all, wo züritüütsch reded oder schriibed.

KB **Zürichdeutsch – kurz und bündig** (schriftdeutsch)
Zürich 2006 Schobinger-Verlag (vergriffen)

OG **züritüütsch läsen und schriibe**
Züri 2008 Schobinger-Verlaag (zwäiti uuflaag)

KG **Zürichdeutsche Kurzgrammatik** (schriftdeutsch)
Zürich 2007 Schobinger-Verlag (dritte Auflage)

WF **züritüütschi wortfamilie • A–G • H–R • S–Z**
Züri 2011 Schobinger-Verlaag (drei bänd)

GWS **züritüütsche grundwortschatz • abc • theeme**
Züri 2010 Schobinger-Verlaag (zwee bänd)

ZW **säit me soo oder andersch?**
Züri 2008 Schobinger-Verlaag (föifti uuflaag!)